CURSED COOK RAISES
MOFUMIMI GIRLS
呪われ料理人は迷宮でモフミミ少女たちを育てます
棚架ユウ
Illust. るろお

Contents

CURSED COOK RAISES
MOFUMIMI GIRLS

プロローグ

見渡す限りの、不思議な空間にいた。

上下も左右も分からぬ、広大な空間。

周囲が青いようにも白いようにも赤いようにも思える。自分がそこに倒れているのかも、浮いているのかも分からない。

ただ、広いどこかに、俺はいる。

あー？　なにがどうなって——。

「よくやったのじゃ」

！　誰だ？　女の子？

なんか、ジジイみたいな喋《しゃべ》り方の、女の子の声が……。はっ！　のじゃロリ！　のじゃロリの声が聞こえたぞ！　のじゃロリ様や！！

「……まあ、ええ。お主が助けた子供は、いまだ孵化《ふか》せぬ勇者の卵。来世、我が世界にて生まれ変わりし魂。その身を挺《てい》して助けたお主に、感謝しておる」

のじゃロリさんの声に言われて、思い出す。

そういえば、俺は子供を助けたんだった。

俺が覚えている最後の光景は、ナイフを振り上げる暴漢の姿だった。襲われる少年を助けるために、思わず飛び出してしまったのだ。

その正義感溢《あふ》れる行動に、自分でも驚きだ。正直、そういうことをするタイプじゃないつもりだったのだが。なんかとっさに飛び出してしまったのだから、仕方がない。

昔から、子供が困ってるのを見ていると見過ごせないんだよなぁ。迷子の女の子に声をかけて、警察のお世話になりかけたこともある。

まあ、あれは死んだだろう。ナイフを持った腕を押さえようとしたんだが、失敗して胸をグサリとやられたし。信じられないくらい、力が強かった。目も不自然だったし、ヤバい薬でもキメていたのだろうか？

刺された瞬間の痛みなどを不思議と忘れているのが、不幸中の幸いかね。

というか、あの子供に悪いことしたかも。目の前で人が殺されるシーンをバッチリ目撃してしまったわけだし。ごめんな。

あー、となるとここはあの世か？　綺麗《きれい》だし、天国寄りかね？　なんか、そう思ったら気持ちよくなってきた。意識が飛んで、溶けていくような——。

「自己をしっかりと認識するのじゃ！　ここで意識を失えば、本当に輪廻《りんね》へと戻ってしまうぞ？自分のことを、強く意識するんじゃ！」

自分？

えーっと、俺って誰だっけ？

「仕方ない、力を貸してやるのじゃ！　姓名、鈴木浩一《こういち》。享年二十五、会社員。父母とは死別。兄

CURSED COOK RAISES
MOFUMIMI GIRLS

呪われ料理人は迷宮でモフミミ少女たちを育てます

棚架ユウ

Illust.
るろお

弟はなし。友人ごく少数。恋人も当然なし」

おいー！　なんか微妙に毒が混じってなかったか？

「趣味は食べ歩きか、ライトノベルと漫画を読むこと。将来の目標は毎日美味《おい》しいものを食べることと、調理師専門学校に通って料理人になること」

おー、当たってるな！

そうだ。俺は鈴木浩一だった。驚いたことで、意識が急にはっきりした。手足があるということが思い出され、自分が不思議空間に揺蕩《たゆた》っているのだと理解できる。

「儂《わし》は、地球とは違う世界の管理者。異世界では神と呼ばれる存在じゃ」

なるほど。なんか、疑問など欠片《かけら》も感じず、理解できてしまった。この声の主は、間違いなく神だろう。不思議とそう思えた。神様の威光みたいなものなのかね？

「勇者を救いし者よ。じゃがその結果、お主の魂は強い力に晒《さら》され、我が世界の力が混ざり込んでしまったのじゃ」

その言い方だと、神様は俺たちの世界とは別の世界の神様ってこと？　つまり、異世界？

魂に、異世界の力……。それは、なにか悪いことがあるのでしょうか？

「急に敬語になったのう」

はははは！　神様相手ですから！　巻かれていい長いものには巻かれていきますよ！　そりゃあもう、グルグルと！

「別に気にせんでよいぞ？　態度だけ敬われても気色悪いだけじゃ」

そ、そうっすか。

「む。すでに制限時間が三分の二も残ってないのじゃ。少々急ぐぞ？」

制限時間とかあるのか。

「ともかく、異界の力が混ざり込んだことは普通は危険なことなのじゃが、お主にとっては朗報かもしれん」

どういうことです？

「お主には、二つの道がある。一つは、このまま地球の輪廻《りんね》に戻ること。その場合、今のお主は消え、新しい魂として来世を迎えるじゃろう。もう一つの道は、我が世界への転生。新たな肉体を与え、再度の生を与えようぞ」

え？　そ、それって、異世界転生？　そ、その、のじゃロリ神様の世界というのはどんな世界なんですか？

「お主に分かりやすく言うのなら、剣と魔法の世界というやつじゃな。勇者の魂を救った功を讃《たた》え、わずかながらに力を与えたうえでそこに転生させる」

チート転生！　いや、まてまて。焦《あせ》るな俺。わずかな力って言ってたか？　そのわずかな力というのは、どんな物なので？

「お主に混ざり込んだ我が世界の力を良き方へと転化させる故、あまりにもお主の魂と合わぬ力はやれんが――そうじゃな、お主には魔法料理人としての特性を与えよう」

特性？　スキルとかじゃなく？

「我が世界にスキルやステータスは存在せん。生まれながらにして、魔法料理人の職に必要な知識と技能を備えているということじゃ。その力を使ってどう生きるかは、お主の自由。新たなる生を謳歌《おうか》すればええ」

詳しくは分からんが、何か凄《すご》そうだ。それに、魔法料理人っていうのが地味に嬉《うれ》しい。料理人になるのが、俺の夢だったのだ。異世界で夢が叶《かな》うとは！

にしても、魔法で料理か……。きっと、地球じゃ考えられないような不思議食材とかもあるんだろうな。

「儂の世界には、地球にはいない巨大な生物もおるのじゃ。それらを調理するためには、魔法が必要となる」

そうだよなぁ。魔法があるってことは異世界だもんなぁ。ドラゴンとか、未知の生物とかいちゃうんだろうなー。

「未知の生き物ばかりではないぞ。地球から一部の生物を写しておる。お主が知っている生物も大量にいるのじゃ」

写してる？

「有用な生物は、神の世界間でやり取りされることもあるのじゃ。牛などは、いない世界の方が稀《まれ》じゃろう」

神様同士、生き物を交換し合ってるってこと？　だとしたら、意外と知っている生き物が多いのかね？　まあ、それならそれで、慣れた食材が使えるのは嬉《うれ》しいし、ありだろう。

大分《だいぶ》転生に心が傾いてきたぞ！　でも、命の危険があるっていうのがなぁ……。

なんかもう一押し！　もう一押しないんですか！　神様！

例えば、異種族がいるとか！　エルフとかドワーフとか獣人とか。そう、モフモフフカフカの獣人とかね！

大事なことは二回言うと良いらしいので、二回言っておいた。

「おるぞおるぞ。それ以外にも沢山《たくさん》な」

うおぉぉぉぉぉ！　まじかぁ！

やばい。今から会うのが楽しみだ。

実は俺はケモナーである。ファンタジー系ギャルゲーは最初に獣人の女の子を攻略するし、ＲＰＧでキャラメイクができるゲームは必ず獣人を選ぶ。好きなアニメキャラは獣人が多い。

本物の獣人がいる世界とか、ワクワクが止まらないな。決めた！　俺はケモミミを思う存分モフる！　絶対にな！

「……では、儂の世界への転生でいいんじゃな？」

はい！　異世界転生でお願いします！

「う、うむ。最後に何か要望はないか？　得意な魔法の適性や、肉体的な才能なら少しは弄《いじ》れるが？料理以外の技能でもよいぞ？　ああ、言語能力はすでに与えることが決まっておる」

そう言われて、少し考える。

魔法料理人の知識以外に、少しおまけで才能や知識をくれるってこと？

剣と魔法の世界なんだよな……。

だったら、剣？　でも、実際は剣よりも槍《やり》の方が強いみたいな話あるよね？　もしくは、空間魔法的なチート能力もありなのか？　でも、単純に肉体の潜在才能を上げるとかでもいい？　身体能力が高いだけでも、十分に強いかもしれん。ああ、鍛冶とか錬金術的な生産技能でもいいか？　ていうか、外見も弄れたり――。

「おい。早くせんか」

ええ？

「時間がないんじゃ！　とっとと決めい！」

じ、じゃあ、武器の才能を！　槍の才能をください！

「分かったのじゃ」

あ、あと、ちょっとだけイケメンにできたりとか？　昔好きな子に告白して、「顔がちょっとタイプじゃない」って言われたのが実はトラウマなんです！

でも、イケメンすぎると大変そうだからちょいイケメンくらいで！　人に嫌われない程度の微イケメンがいいです！

「か、顔？　叶えられる要望は一つだけじゃ！　魂の力が微妙に足りん！　というか、今から外見なんぞ弄れんぞ！」

だったら槍の才能で！

「じ、時間が！　ええい！　もうこの設定でよかろう！　雰囲気がなんか魅力的になる才能じゃ！」

ちょ、そんな適当な！　しかも槍じゃなくてそっちぃ！

「お主が散々口を挟むからじゃろう！　それに、雰囲気イケメンでも微妙に魂の力が足りんかったから、生まれ運から補塡《ほてん》された！」

え？　どういうこと？

「生まれに関しては、平均以下になるということじゃ！　少なくとも、金持ちの子供には生まれんじゃろう！　むしろ金持ちだったときには気を付けるんじゃ！　それ以外で何かマイナス面があるということじゃからな！」

えぇ？　つまり、親ガチャ失敗確定ってこと？

あれ？　周囲が急に暗くなって――。

「世界は、可能性に満ちておる。じゃから、何があっても頑張って――」

神様の言葉が、妙に遠くからに感じる。なんか不穏な言葉じゃ――。

そして、俺の意識は光に包まれ、眠りについた。

第一章 これがマイナススタート

俺が転生してから、四年が経《た》った。とは言っても、意識を取り戻したのは、二歳半ばのことなのだが。

脳の成長具合によるものなのか、他に理由があるのか、赤ん坊の頃には意識があまりはっきりとしていなかった。長い間、眠っていたような感覚だ。

意識がはっきりと覚醒し、自分が転生者であると自覚できたのはつい一年ほど前のことだった。

いきなり前世のことを思い出して、あの時は本当に驚いたね。あまりにも酷《ひど》い頭痛と不安のせいで半日泣きじゃくったが、転生時のことを思い出してなんとか落ち着いたのだ。

実の母親とは言え授乳とか気恥ずかしいので、その期間をただの赤子として過ごせたのは都合が良かったと言えば良かったのだが。

その一年間で、色々と分かったことがある。

まず、俺の名前は『トール』だ。黒目黒髪のプリティボーイである。

姓がないことからも分かる通り、両親ともに平民である。むしろ、平民以下と言えるかもしれない。

両親は貧乏な傭兵《ようへい》なのだ。

ああ、傭兵というのは迷宮探索や護衛仕事、素材の入手以外に略奪や密輸なども行う、質の悪い何でも屋という感じの職業らしい。戦争や、人身売買などの犯罪行為に加担することも多いようだった。

ファンタジーによく出てくる冒険者に似ているだろうが、それよりは傭兵と呼んだ方がしっくりくるだろう。

普通の家だと、子供が生まれた時に神殿か魔術師の元に連れて行き、魔法の適性を調べる。しかし、俺の両親は金をケチって、適性確認を行わなかった。

まあ、俺が魔法を使えることが分かっていたら、いろいろと面倒なことになっただろうから、いいんだけどさ。

俺の両親は、わずかな寄進さえ躊躇《ちゅうちょ》するほどの超絶貧乏だった。

そもそも、家がない。薄汚いテント暮らしである。一応、冒険中に使用するための頑丈な魔獣革製のテントだが、普通は下級傭兵であっても安宿に泊まっているらしいので、それに比べても貧乏だった。地面むき出しのテント内は不衛生だし、ちょっとジメジメしているのだ。

六畳ほどの大きさのテントで寝泊まりをしながら、両親は日々一攫千金《いっかくせんきん》を狙って迷宮に潜っている。迷宮についてはあまり詳しくはないが、神が作った謎の存在で、宝や魔獣が湧いて出る場所だそうだ。

彼らにとっては迷宮の成り立ちよりも、その場所が金になるかどうかの方が重要なんだろう。

そして、最も重要なことだが、両親はクズだった。それはもう、清々《すがすが》しいほどの最低人間なのである。

俺だって、転生には少しは夢を見ていた。

優しい両親に転生のことを打ち明けられずに悩んでみたり、メイドに赤ちゃん言葉を使われて困ってみたりしてみたかった。可愛い幼馴染《おさななじみ》に恋心を抱かれて「俺、ロリコンじゃないんだけどな」ってイキッてみたり、優しい村の仲間たちと畑仕事をしたりしてみたかった。

「私がお母さんよ？」

とか言われて、苦笑いすることを夢見ていたのだ。だが、実際に聞いた言葉と言えば——

「ちっ。ガキの世話なんざメンドクセェ！」

「適当に転がしときゃいいだろうさ。死にゃしないよ」

という感じの、最悪の会話ばかりだ。あまり今世の両親を悪くは言いたくないが、どう贔屓目《ひいきめ》に見ても、クズとしか言いようがなかった。

何せ、最終的には俺を人買いに売ろうとしている。俺も、その衝撃の事実を知ったのは一月《ひとつき》前のことなのだが。

「あんた、飯だよ」

「おう……。ちっ、今日も麦粥《むぎがゆ》か」

「金がないんだ。しかたないだろ」

「くそっ。ガキが早く売れる年になれば」

「まだ一年かかるねぇ」

「誤魔化《ごまか》して売っちまえねぇか？」

「人買いどもは魔道具で年齢を調べられるから、無理だろうよ」

という会話を聞いてしまったのである。ガキというのは俺のことだ。あろうことか、奴隷商人に売るだと？　これ、結構ピンチなんじゃないか？

しかし、今世の両親ならやりかねなかった。むしろ、俺を育てているのがおかしい人間たちだったしね。

それから数日後、その日も両親はなんだかんだと愚痴を言い合っていた。

「三日も潜って、銀貨一枚にしかならねーとか、ありかよ！」

「あんたがしくじってポーション使っちまったからだろう！」

「仕方ねーだろ！」

「アレにも飯を食わせなきゃいけないから、またしばらくは粥だよ」

「ああ！　なんでガキのために俺らが我慢しなきゃならねぇんだ！」

「食わせなきゃ死んじまうんだ。仕方ないだろ！　だいたい、あたしは産むつもりなかったのにあんたが子供は売れるから産めっていったんじゃないか！」

「五歳にならなきゃ売れねーって知らなかったんだよ！」

その後も繰り広げられた両親の最悪な会話をまとめると、ヒューマンの子供は五歳からでないと売れないらしい。幼すぎては、買い手が付かないし、簡単に死んでしまうからだ。

それと、子供の売却価格は小金貨五枚、五万ゴールドほどになるという。これは、庶民の一ヵ月分の生活費だ。貧乏が服を着て歩いているような両親の話から推測したものなので、普通の家庭ならもう少しお金がかかっている可能性はあるけどね。

だとしても、安い。人一人の値段としては少ないようにも思えるが、人間の命が安いこの世界ではその程度のものなのだろう。それまでは、仕方がないから面倒を見ようと会話していた。何とも酷い話だ。

因みに、小銅貨一枚で一円くらいの感覚で、十枚で大銅貨一枚だ。小銅貨↓大銅貨↓小銀貨↓大銀貨↓小金貨↓大金貨↓オリハルコン貨となる。

しかし、本当に売り飛ばすまで生かす気があるのか、俺の扱いは雑の一言だった。

暴力こそ振るわれないものの、食事はクソまずいオートミールモドキ。当然、栄養など一切考慮されておらず、俺の体重は同年代の幼児たちと比べても大分軽いだろう。

しかも、長期間放置される。両親は傭兵なので、長い時には四日ほど迷宮に潜りっぱなしになるのだ。その間、俺はテントの支柱にロープで繋《つな》がれ、置き去りにされた。

食事は、オートミールモドキを大量に皿に盛り付け、犬の餌のように無造作に置いておかれる。水も同様だ。

俺だから良いものの、普通の幼児であれば確実に死んでいるだろう。

最も可能性が高いのは、脱水や飢餓による衰弱死だ。だが、オートミールモドキを喉に詰まらせる窒息死や、物取りや暴漢に襲われる可能性だって十分にある。

記憶を取り戻すまで、よく生きていたなと思うぜ。

もしかしたら、本当に死んでもいいと思っているのかもしれない。読み書きができたり、獣人の子供であったり、魔法や特殊技能の適性があればもっと高く売れるらしいが、両親は俺にそこまでの期待はしていない。

そもそも、自分たちが読み書きもできないので、俺に教えるなど無理だし。魔力に関しても、まさか自分たちの子供が良い属性を得ているとは思ってもいないようだった。

手抜きをして育つのであれば育ててもいいが、適当にやって死んでしまってもそれはそれで構わない。そう考えているのだろう。

これが生まれ運がないってことなのねって、心底納得できてしまうのだ。

ということで、俺の当面の目標は生きること。そして、五歳になる前に両親の元から逃げ出すことだった。

そう考えると、普段は両親が家にいないというのは都合が良かった。神様からもらった魔法料理人としての能力の検証が、人の目を気にせずに行える。

俺が日課としているのは、魔法の練習だ。

何せ、魔力を操るなど前世では全く縁のなかった行為である。知識や能力を与えられてはいても、実際に使ってみないと感覚が掴《つか》めない。

「じゃあ、やりますか」

絶対に逃げて、生き抜いてやる。そのためには、もっともっと魔法を上達しなければならないのだ。

子供の俺が、唯一使える武器だからな。

俺だけしかいないテントの中で、今日も今日とて魔法の訓練を開始する。

「ふぬ！」

俺は肩慣らしに、指先に精神を集中した。

暖かいモノが、体の中心から指先に集まっていくのが分かる。これが魔力だ。

最初の頃は、体内をよく分からない何かが流れる感覚が気持ち悪かった。まあ、今は慣れたものだけどね。

「水作成」

俺の言葉に応えて、何もないところから水が湧き出し、深皿を満たした。

魔法に関する知識や技術を最初から与えられているおかげで、俺は詠唱をかなり省略して魔法を使用できる。水作成のような初級呪文であれば、呪文名のみでも発動可能だった。もっと練習すれば無詠唱でも行けるだろう。

ちなみに、この世界の魔法は精霊魔法だ。自分の魔力を使って精霊にお願いをして、魔法を使用してもらう感じである。

術を新たに習得するには、精霊魔法を何度も使って彼らとの繋がりを強め、自然と新しい魔法の詠唱が脳裏に浮かび上がるのを待つらしい。

そんな感じで精霊との繋がりが重要な魔法らしいが、俺は精霊の姿を見たことはなかった。まあ、問題なく発動できているからいいけどね。

「水針！」

次に唱えた呪文の効果により、皿の中の水が小さい針となって浮かび上がる。

俺はその針を操り、テントの中で動かした。

時にはジグザグに、時には針自体を弾丸のように回転させ、飛び回らせる。

この世界の魔法は、魔力を介して精霊に伝えるイメージの強さや正確さによってかなりアレンジが利く。渡す魔力の量によって威力も変わってくるし、範囲も射程も変わる。

術者が違えば、同じ術でも別物と言っても良いほどに効果が違うだろう。

水針も、本来は水の針で相手を攻撃する、隠密性に優れた攻撃魔法だ。

だが、太さと具現化時間を調整することで、魚を捌《さば》く際に打つツボ針として使うこともできた。

特に、精霊魚という全身が水でできた魔魚を捌く際、水針でなくてはツボを刺すことができないらしい。

まあ、料理に必要なおかげで、魔法料理人としての知識で自在に扱えるんだが。

俺は水の針にさらに魔力を込めると、強くイメージする。回転、回転、回転だ。水を圧縮し、高速でドリルのように回転させるイメージである。回転は正義なのだ。

「はぁぁ！　水針！」

水の針は高速回転しながら、地面に突き刺さった。抉《えぐ》れた地面を見て、その貫通力にガッツポーズをする。

まさにイメージ通りだ。

俺はさらに水の針の数を増やして、別々に操ったり、合体させて巨大にしたりする練習を行う。

練習に水魔法を使うのにも理由があった。

まず、テントの中で火魔法は論外だ。火事の危険もあるし、テント越しでも炎の光は目立ってしまうだろう。

土魔法は、テントの中が荒れるから避けたい。練習に使った土を戻すのにも、魔力を使うことになるし。

風魔法は、目に見えて効果が分かりにくいので却下。念動力っぽい無属性魔法も、同じだ。

結果、危険も少なく、テント内で使っても不自然ではない水魔法で練習をしているのだった。水魔法なら、多少こぼしても土に染み込むし、見た目も変化ないからな。

いわゆる回復系の術を多く含む聖魔法も使えるが、健康体では試しづらい。ちなみに聖魔法は、毒抜きや、獲物の状態を保ったりするのに使用できるらしかった。

後は肉体を強化する身体魔法もあるが、少し使っただけですさまじい筋肉通に襲われるのでこれも試したくない。無理に使ったら体がおかしくなりそうなのだ。

それに、地水火風の属性魔法は基本と言われているらしく、まずはこれから練習するのが無難であるらしい。神様のチート知識に含まれていたので、間違いないだろう。

「細かい魔力操作も大分上達してきたな。もっと強い魔法も使ってみたいんだけどな～」

さすがに、テントの中で威力の高い魔法をぶっ放すわけにもいくまい。

「それにしても、名前からして結構ヤバそうな魔法もあるんだよな」

これは本当に料理に使う術なのか？　と首をひねってしまうような術も、神様から貰《もら》った魔法の知識の中には含まれている。

例えば火魔法の『黒炎殲滅陣《せんめつ》』という、超厨二《ちゅうに》病チックな名前の術。竜の鱗《うろこ》さえ焼き尽くす漆黒の炎を生み出し、対象を包みこむというヤバげな魔法なのだが……。

料理の知識の中には、しっかりとこの術で作る料理が存在していた。竜素材を使った料理らしいが……。

現在の俺の魔力では発動すらできないので、悩んでもしょうがないんだけどさ。竜の肉もないし。多分、攻撃に転用したらえげつない威力になるだろう。いや、逆か。俺の使う魔法のほとんどが、攻撃用の魔法を料理に転用しているのだ。

俺はその後も、水魔法による修練を続けた。

三〇分ほど魔法を使っていただろうか。体が強い倦怠感《けんたいかん》を訴える。

「魔力があとちょっとしかないか」

初めて魔法を使った日は、嬉《うれ》しすぎて連続で使いまくってしまい、俺はあっと言う間に魔力切れを起こした。

こうなっても気絶するようなことはないのだが、指一本動かすのがつらいほどの強い倦怠感が全身を包み込むのだ。

もし魔物との戦闘中に魔力切れを起こしたら、確実に命を落とすだろう。なので、魔力が枯渇する兆候をしっかりと覚えておくのが非常に重要だった。

「今日はここまでだな。ご飯にしよう」

食事を作るため、俺は保存庫を開く。出て来いと念じたモノが、空間に開いた見えない穴から湧いて出てくるような感覚である。

これも魔法料理人に付随した能力だった。いわゆる時間停止マジックボックスである。しかも、自動仕分け、ソート、呼び出し機能付きだ。

しまえる容量はかなり大きい。体育館数個分とか、そういうレベルだ。マジでチート職だよな魔法料理人。

俺が取り出したのは、スプーンと包丁、鍋だ。保存庫の中には、神様からの餞別《せんべつ》が大量に入っていた。

内容は、万能包丁、オタマ、菜箸、フライ返し、大鍋、小鍋、フライパン、まな板、漉《こ》し機、ざる、小さな台、スプーン×五、フォーク×五、ナイフ×五、箸×五、平皿×五、深皿×五、カップ×五、スープ皿×五、である。

材料は一般的な鋼や陶器なのだが、その品質は最上級の品々だ。名工の品っていう感じ？

他には魔力の光が自動で灯る魔導燭台《しょくだい》が入っていたが、今の状況では危険すぎて使うことができなかった。両親に見つかったら最悪だし。

「まあ、魔法の品物じゃないって言っても、この包丁だって向こうの世界で使ってたやつよりも良い品なんだけど」

俺はトテトテとテントの入り口に向かった。隙間からその小《ち》っちゃい子供アームを伸ばし、外に生えている草を集中して探る。

そして、手に触れた外の草をブチッとむしり取った。

「今日も雑草にしか見えんな」

これをどうするのかって？　そりゃあ、食べるのさ。これが、俺の今夜の主食なのだ。いや、今夜というか、ずっとこればっかり食べてるけど。

「ふふんふーん♪」

見た目は、どこにでも生えている何の変哲もない雑草だ。テントの入り口前に、他の草と交じってわずかに生えている。町中を探せば、もっとたくさんあるだろう。

だが、俺に与えられた食材知識が、この草がただの雑草ではないと教えてくれていた。

これは「ヨルギン草」という薬草の一種なのだ。美味しいわけでもなく効能も微妙なので、わざわざ採る奴はいないが。間違いなく食べられる草だ。

草を手に入れるのは簡単だった。まずは、胴体に巻きついているロープをほどく。普通の四歳児には無理なのだろうが、中身が大人の俺には至極簡単なことだ。

そして、テントの入り口から手を伸ばし、手の感覚でヨルギン草を探してこれだと思った草をトリャーッと引き抜けば入手完了だった。

既に慣れたものなので、七割くらいは当たりを引けるのだ。

次に、熱湯作成で鍋に少々の湯を張る。湯がくだけなので、そこまで多くなくていい。

「で、ヨルギン草をみじん切りにして……」

ヨルギン草を刻むトントンという音がテントの中に響き渡る。この音を聞いてるだけで、料理している気持ちになれるね。やってることはおままごとの延長みたいなもんだけど。

少し粘りが出るくらい細かくしたヨルギン草を鍋の中へと入れ、さっとかき回しつつ加熱の術で再度沸騰させたら半分くらいはできあがりだ。

水に色が出てきたら、親が残していったオートミールモドキを加え、最後に塩で味を調えれば調理完了である。

この塩は、母親が普段使っている物を少々失敬したものだ。粗悪な黒い塩だが、料理魔法でゴミを取り除いてマシにしてある。真っ白とはいかないけど、灰色くらいにはできているのだ。

そのまま鍋をかき回していると、脳内にピコーンというアナウンス音が響いた。これは、料理魔法の効果だ。料理の完成を完璧なタイミングで教えてくれる術だな。

〈『ヨルギン草の麦粥《むぎがゆ》・テント風』、魔法効果：生命力回復・微が完成しました〉

因みに、名前は自動で付く仕様だ。

「よし、今日も上手《うま》くできたぞ」

意識を取り戻した二年前、俺は真っ先にオートミールモドキの改良に着手した。まあ、食材も調味料もないので、たいしたことはできなかったのだが。

それでも、ヨルギン草に火を通す時間などを調整することで苦みを抑え、ごく少量の甘みを醸し出すことに成功していた。正直、全く美味しくはないのだが、味なしオートミールモドキをそのまま食べるよりは数段ましだ。

それに、栄養価もそれなりに高いうえ、ヨルギン草の効能で整腸作用もあった。幼児の胃袋には何よりも優しいことが重要なので、ある意味良い離乳食と言えるかもしれない。

まあ、魔法効果っていうのを実感したことはないけど、ないよりはマシだろう。

「あー、香辛料が使いたい」

貧乏ゆえか、このテントには塩以外の調味料がなかった。香辛料などあるはずもない。本当に残念である。

「じゃあ、いただきまーす」

美味しくもない粥を、よく噛《か》んで食べる。心は大人とはいえ、体は幼児。生前の感覚でかきこむと、胃がやられてしまうのだ。

あれは本気でヤバかった。聖魔法のおかげで大事には至らなかったが、それ以来食事の仕方には気を使っている。

「うーん。やっぱ塩以外の味付けが食べたい」

◇◆◇

日々魔法の練習をしつつ、粥を食べながら過ごす俺だったが、ある異変に見舞われていた。

七日ほど両親が帰ってこないのだ。

いつもなら三日くらいで帰ってくるのだが……。

傭兵が迷宮に向かい、予定の日になっても戻らない。まあ、そこから導き出される答えは一つだろう。

すなわち、迷宮で何かあった。もっと突っ込んで言えば、死亡した確率が高い。

だが、そのことを考えても驚くほどに悲しみはないし、悼《いた》む気持ちも湧いてこなかった。

両親とはいえ愛情を向けられたことなどないし、虐待ともいえる待遇だったのだから、当然と言えば当然なのかもしれないが。自分でも薄情かな~と思うが、仕方がないのだ。

むしろ、逃げ出す手間が省けた。その程度の感慨しかない。

しかし困ったこともある。

「腹減った……」

空腹が限界だ。何せ、七日間も放置されているのだ。両親が置いていったオートミールモドキは食べ終え、その材料であるアルモ麦の備蓄ももうない。

この二日間、ヨルギン草しか口にしていなかった。

しかも、テントの入り口周辺のヨルギン草は食べ尽くしてしまっている。危険を承知で顔を出してヨルギン草を探したが、もうヨルギン草を発見できない。

食べられるものがないかと、テントの隅々を探したが、何も見つからなかった。

食材の知識がインプットされているので、食べられるものなら目で見た瞬間に分かる。そんな俺が、テント内の食材を見落とすことはまず有り得なかった。

「四歳にして天涯孤独のうえに放置プレイとか、異世界なかなか厳しいぜ」

神様お墨付きの生まれ運のなさだしな……。

これ以上体が弱る前に、なんとか食料を確保せねばならない。とうとう、テントの外に出る日が来たのだろう。あと一年ほど魔法の修練と情報収集に励む予定だったが、仕方がない。

今いる町の名前は、『エルンスト』。辺境にある小さな町だ。

町の中心に迷宮の入り口があり、かつてはそれ目当てに傭兵が集まって栄えていた。

ただ、数年ほどの賑《にぎ》わいの末、迷宮の規模が大きい割には宝箱の内容が渋く、魔獣も有効利用できる種類が少ないことが判明してしまう。

それから傭兵の数は一気に減り、町は急速に寂れていったらしい。

今でも迷宮に潜っているのは、他の迷宮では爪はじきにされてしまうようなゴロツキ上がりの悪質傭兵ばかりだ。つまり、俺の両親のような人間しかいないってことだな。

それに、エルンストは統治者も最悪である。ホルム子爵というのが領主の名前らしいのだが、重税を課し、私兵で好き放題している典型的な悪徳貴族のようだった。

そもそも、寂れて見捨てられた辺境のエルンストに転封《てんぽう》されてくるあたり、貴族としての終わりっぷりが分かるというものだ。何かやらかして地方に飛ばされてきたようなので、性格が悪いだけじゃなくて無能でもあるんだろう。

そういった事情から住民の多くは貧乏で余裕がなく、治安は非常に悪い。いわば、町の半分がスラム街みたいな状態らしかった。ヨルギン草を探そうとテントから顔を出した時、歪《ゆが》んだ掘っ立て小屋が並んでいる光景が見えたし。それでも、テントよりはましかもしれんが……。

いくらチート能力があるとはいえ、そんな場所に一人で放り出されるなど緊張するなというほうが無理だった。

「頼れる相手なんかいないし、当面はここを寝床にして、行動範囲を広げていこう……？」

そう決意した直後、外に何かの気配があった。草を踏みしめる音も聞こえる。

なんだ、両親が帰ってきたか？　そう思ったら、なんか気が抜けた。

確かに両親はクズだが、死ねと思うほど憎んでいるわけではないし、生きて帰ってきたのならそれで構わない。何より、食い物にもありつけるだろうしな。

「ここか？」

だが、テントに入ってきたのは、見たことがない大柄な男だった。

禿頭《とくとう》に、頬には引っ掻《か》いたような古傷。四〇歳位だろう。無精ひげを生やして汚い革鎧《よろい》に身を包んだ、どう見ても盗賊にしか見えない格好をしている。

まあ、俺の両親もこいつに負けず劣らずだけど。

誰だ？

「おう、ガキもいやがるなぁ」

見ているだけで不快になるような、いわゆる下卑た笑みを俺に向けてきた。かわいそうな子供を保護してやろうなんて、絶対に考えてはいないだろう。明らかに値踏みをする目だ。

こりゃあ、マズいか？

「碌《ろく》なものが残ってねーな。まあ、使えそうなものだけ頂いてさっさとトンズラするか。このギズメルト様が有効利用してやるから、あの世でせいぜい悔しがれ。ぐへへ」

うーん、テンプレ通りの悪人な感じだ。

男は俺なんか無視して、テントの中を物色し始めた。

これは、両親の知人という雰囲気ではなさそうだ。というか、あの世？　こいつあの世でって言ったな？　やはり、俺の両親は死んだのか？

「まったく、あんなやつと戦えるかってんだ。とっとと盗れるもの取って逃げねーとな」

そしてこいつは遺品泥棒であると。両親並のクズ野郎じゃないか。

「おい、こっちこい」

盗れるものがないと分かると、ギズメルトが俺を手招きする。それで、子供が近寄ると思ってんのか？

誰が行くもんかい。子供を呼ぶなら、その汚いニヤケ面を整形してから来いってんだ。

俺は子供っぽく見えるように、イヤイヤと首を振った。これで諦めてくれればいいのだが。無理だろうな。

「お前の親は、迷宮の悪意に食われちまったぜ？　まあ、ガキには理解できねぇだろうがな。いいから来い！」

ギズメルトが実力行使に出た。俺を捕まえようと迫ってきたのだ。俺は逃れようと体をよじる。

「ちっ」

正直、俺はこの時までこの男を舐《な》めていた。虐待に近い育てられ方をしたと言っても、両親には暴力を振るわれたことはなかった。なので、奴隷商に売るために、無暗に怪我《けが》はさせないだろうという甘い打算が働いていたのだ。

だが、次の瞬間、俺は自分の考えの甘さを思い知らされた。

「おとなしくしやがれ！　クソガキ！」

「ぎゃっ！」

ギズメルトの靴の固い爪先が、俺の鳩尾《みぞおち》にめり込んだのだ。

背中に突き抜ける衝撃と痛みが俺を襲った。

「うげぇぇ！　げほげほっ！」

吐き出すものが何もない胃から、胃液だけが逆流してくる。痛みと恐怖と嘔吐《おうと》感のせいで、自然と涙が出てきた。

「うぐぅ……」

「手間かけさすんじゃねぇよ。おら、立て。さっさとしねーと、やつがきちまうだろうが！」

ギズメルトは俺の腕を強引に摑むと、無理やり立たせる。痛みのせいで抵抗する意思も湧いてこない。

俺は、自身よりも遥《はる》かに大きな男から理不尽に振るわれた暴力に、震え上がることしかできなかった。

命の危険がある剣と魔法の世界。

そう分かっているつもりだったが、所詮《しょせん》はつもり。外の世界を知らずに育った平和ボケした元地球人の、想定の甘い想像でしかなかったのだ。

俺は、暴力の世界に住む人間の粗暴さをようやく思い知っていた。

「おい、次に逆らいやがったら、こんなもんじゃ済まさねぇからな？」

「うぅ」

「いいか？　俺は別にお前をぶち殺したって構わねぇんだ。こんな貧相なガキ、はした金にしかならねぇだろうしなぁ？　親子そろって殺されたくなけりゃ、おとなしくしてろよ？　俺様は急いでるんだ」

親子揃《そろ》って？　今こいつ、自分で殺したって言ったのか？

「お前の親は無様だったぜぇ？　二人そろって麻痺《まひ》の罠《わな》にかかってやがってよぉ？　サクッとぶち殺してやったんだよ。雑魚のくせに俺様と対等のつもりでよぉ、いつもムカついてたんだ。ギャハハハハハ」

聞いているだけで耳が腐りそうな最低の話を、薄汚い笑みを浮かべながら俺に語って聞かせる。

一時《いっとき》もこいつと一緒にいたくない。心の底からそう思えた。

ギズメルトが俺を無理やり、脇に抱える。凄《すさ》まじい力だった。どうやっても逃れることはできそうにない。

「おとなしくなったな。最初からそうしてりゃいいんだよ。まあ、暴れてもいいぜ？　ガキを嬲《なぶ》って殺すのも面白そうだしなぁ？」

このまま連れて行かれても、まともな生活は見込めない。暴力と飢餓の未来しか見えなかった。

何とか逃げないと。

両親の仇《かたき》。その事実を知っても、怒りは湧かない。憎しみ、恨み、どれも違う。だが、覚悟は決まった。

この男は、殺してもいい相手だ。

傭兵と思われるこの男は、俺よりも圧倒的に強いだろう。生半可な攻撃で倒せるとは思えない。

そして、下手に魔法を使い、倒しきれなかったらどうなることか。

魔法を使える子供を、この強欲そうな相手が手放すとは思えない。その瞬間、凄まじい報復と、その後の奴隷落ちが決定だ。一撃で決めないとならなかった。

俺は迷うことなく、一つの魔法を選択する。

最も使い慣れており、かつ発動が早く、隠密性に優れているおかげで奇襲に向いている魔法。つい先日、無詠唱での発動に成功した術。

「…………っ」

大事なのはイメージである。限界まで圧縮し、鋭さと硬さを増した水の針が、ギズメルトの頭部を貫くイメージだ。おまけに回転も付けてやろう。

「っ！」

術の発動と同時に、虚空に生み出された水の針がギズメルトの後頭部に突き刺さった。

「がぁっ！」

「いたっ！」

ギズメルトの腕から力が抜け、俺はドサッと地面に落とされる。受け身なんざ取れないので、思いっきり叩《たた》きつけられた。打った肘がめちゃくちゃ痛い。

「あぁぁ……？」

何が起きたのか、理解できていないのだろう。ギズメルトは間抜けな顔で、激痛の走った後頭部を手で触る。

そして、全身を硬直させて、糸の切れた操り人形のようにその場に崩れ落ちた。その頭部には、直径五センチほどの穴が開いている。

「ふう……」

人を殺した。そう実感するが、何の感慨もない。ただただ、生き延びたことに安堵《あんど》する気持ちだけがあった。

普通はここで、良心の呵責《かしゃく》を感じて吐き気を覚えたり、気に病んだりしないといけないんだろう。だが――。

「こんなクズのせいで、気を病んだりしてやるもんかよ」

俺は、生きるんだ。何をしてでも。

「……」

床に倒れるギズメルトの遺体を、見下ろす。

その姿は、かなり不気味だった。

目は見開かれ、舌がデロンと飛び出ている。元々の顔の造作も手伝って、ゴブリンかオークの親戚みたいに感じられた。

いや、その性根はさらに腐っている感じだったが。

同時に俺は、全身に力が漲《みなぎ》るのを感じた。生物を殺すとその魔力を吸収し、体内魔力の総量が増えると聞いたが……。どうやら人間を殺しても、魔力が成長するらしい。

人同士の争いがなくならんわけだよな……。

「でも、本当に少ししか上昇してないな？」

ギズメルトはどう見ても、そこそこ経験を積んだ傭兵だ。それを倒して、これしかアップしないのか？

しかし、当面の問題はそこではない。

「この死体どうしよう？」

男の死体を前に、悩んでしまう。隠そうにも、隠し場所のあてもない。

「外に捨てたって、その現場を目撃されたらアウトだしな」

ここに埋める？　いやいや、今後このテントを使い辛《つら》くなる。燃やす？　そのためには魔力も足りないし、テントが火事になるだろう。

「となると……保存庫か」

これも気分が良くないが、寝床の下に埋めるよりは精神的負担は少ないだろう。保存庫に入れたからって、他の収納物と死体が触れ合うわけではないし。

「仕方ない。収納」

俺はギズメルトに手をかざすと、保存庫に収納した。その際に、男の持っていた武具や道具は、保存庫の機能で選別して別々に分けておく。何か使い道があるかもしれないしな。

後始末はまだ終わらない。ギズメルトの流した血がしみ込んだ土を魔法で操作し、ひと塊にする。

それを、俺は外に投げ捨てた。

後は、地面を均《なら》せば、証拠隠滅完了である。

「ふう、なんとかなったな」

だが、メチャクチャ疲れた。体力的にも、精神的にも。

行動するのは明日からにして、今日はもう寝よう。そう考えて寝床に横たわったんだが、なかなか寝付くことができなかった。

「うーん。目、冴《さ》えちゃったな」

精神が昂《たかぶ》っているせいか、全く眠くならない。今日はいろいろあったし、仕方ないんだが。どれだけ長い間横になっていても、眠気がやってこない。

まあ、眠れないのは、空腹のせいでもあるだろう。半日以上、水と少しのヨルギン草しか口にしてないのだ。ひっきりなしに腹がグーグー鳴ってうるさいし。

「明日こそは、何か食い物を手に入れないとな」

転生までしておいて死因が餓死とか、目も当てられん。少し遠出をしてでも、食材をゲットするぞ！

そう決意した直後、俺は異変に気付いた。外が、妙に騒がしい。

「何だ？」

耳を澄ませると、やはり大勢の人々が何かを言いあっているような、喧騒《けんそう》が耳に入ってくる。ときおり甲高い悲鳴のような声まで聞こえてきた。

それとは別に、ドーンという爆発音も聞こえ始める。

この町では人同士の喧嘩《けんか》は日常茶飯事なので、怒鳴り声なんかは珍しくない。しかし、これだけたくさんの人間が悲鳴を上げるような事態など、今までなかった。

ドォン！　ドォン！　ドォォン！

「ゆ、揺れてるか？」

断続的に響く爆発音。テント内に置かれたわずかな荷物が、カタカタと音を立てて震えた。

「やっぱ揺れてるな！」

しかも、音がだんだん近づいてきているような気がする。

しばらくテントに身を潜めていたが、事態は変わらないようだ。

俺は、テントの入り口にそっと耳を当て、外の音に耳を澄ませた。やはりドーンという爆破音が近づいてくる。そして、人々の逃げ惑う声も。

「あんなの、ど、どこから来たんだ！」

「迷宮からだろう！」

「馬鹿な！　迷宮の入り口から、あんな大きな化け物が出てこれるわけないだろ！」

「じゃあ、外から飛んできたんだろうよ！」

「そんなことより逃げないと！」

化け物？　逃げる？

「西区は火の海らしいぞ」

「そ、そんな！　警備隊は何してるの！」

「やつらなら真っ先に逃げ出したさ！」

「この間来た、高ランク傭兵が戦ってるらしいぞ！」

「あんな少人数で何ができるっていうんだ！」

「そこまできてる！」

どうやら、大きな化け物が町を襲っているらしい。爆発音は、そいつの仕業なのだろう。警備兵は逃げ出し、わずかな傭兵だけが戦っているようだ。

「ギズメルトの野郎が何か慌ててたけど、このせいか！」

状況は悪そうだった。

「俺も逃げないとヤバいぞ」

火の海とか言っていたし、ここにもいずれ火の手が回るかもしれない。

だが、今の俺は四歳児だ。どうやって逃げるというのか。そもそも、どこに逃げればいいのかも分からない。避難所なんかあるのだろうか。

「オオオオオォォォォォォォン！」

「うわっ！」

突如、空気がビリビリと激しく震えた。

獣の叫び声のような轟音《ごうおん》に、鼓膜がキーンと痛みを訴える。

音の源は結構近い。

「う、上か？」

俺は思わず上を見上げた。勿論《もちろん》、見えるのはテントの天井だけなのだが、見ずにはいられなかった。

怪物とやらは空を飛べるようだ。

「さっさとどっか行けよ……」

俺は身を竦《すく》ませているしかない。だが、ドーンという爆音と、怪物の咆哮《ほうこう》が絶え間なく響き続けていた。

それでもしばらくすると、慣れてきたような気がする。いちいちビクッとしなくなってきたしとか思っていたら――。

ドガァァンンン！

凄まじい地響きとともに、体が投げ出されるほどの大きな揺れが容赦なくテントを襲った。

「うわぁぁぁ！」

俺はこらえ切れずに、地面へ倒れ込む。次から次へと変化する状況に、落ちついて考える暇もなかった。

「くぅ」

打ち付けた膝の痛みをこらえて立ち上がると、俺はテントの入り口に向かった。

首だけを外に出し、周囲を窺《うかが》う。だが、何も見えない。夜であるうえに、大量の砂煙が辺りを覆っているからだ。

「このままじゃラチが明かないな」

俺はそっと外に出る。靴は、自分で草を編んで作った草鞋《わらじ》のようなものだ。いつか逃げ出す日のために、見よう見真似《まね》で作ってみた。練習中なので見栄えは悪いが、裸足《はだし》よりはましだ。

「微風よ」

炉に風を送り込むための魔法で、砂煙を吹き散らす。そして、俺の前にそれは姿を現した。

「うおぉ！　す、すげえ！」

その威容に、思わず歓声が上がってしまう。恐怖の前に、憧憬《しょうけい》の念が先にきたのだ。

「これは、竜か……？」

そう、テントのすぐ横に、尾の先まで五〇メートルはあろうかという巨大な竜が横たわっていたのだ。先ほどの揺れは、この竜が空から落下してきたせいで起きたのだろう。

水晶のようにもエナメルのようにも思える、紅く輝く不思議な鱗。まるで巨大な岩のような甲殻。角は樹木のように太く、節くれだっている。

初めて見た異界の怪物は、神々しくさえあった。

だが、この竜が倒れる位置を冷静に理解すると、すぐに冷や汗が噴き出してくる。

「危な……！　もう数メートルずれてたら、ペシャンコだったぞ！」

竜の巨体にテントごと押しつぶされる自分の姿を想像したら、心底ゾッとした。

本当に間一髪だったのだ。あの爪とか、少し引っかかっただけでもテントなんかズタズタだったろう。

せっかく異世界に転生して、死因すら分からず圧死というのは恐ろし過ぎるのだ。

「にしても、誰かがこいつを倒したのか？」

見ると、翼が大きく切り裂かれている。そのせいで飛行できなくなり、地上に落ちてきたのだろう。

落下の衝撃で完全に死んでいた。

食材知識のおかげで、目の前の竜が完全にこと切れているのが分かる。何せ俺には、この竜が全身余すとこなく食材の塊に見えているのだから。

生きていた場合、部位ごとの判定ではなく、食用となる一匹の魔獣として見えるはずだった。

「天竜肉に天竜霜降り、天竜血、天竜眼、天竜骨、天竜脂、天竜肝――」

竜は、全身が貴重な材料の塊だ。鍛冶や錬金だけではなく、料理にも使うことができる。俺は食材知識から、目の前で死んでいる竜についての知識を引っ張り出す。

『名称「天竜」。種別、飛竜種。ランク九。平均体長三〇メートル。その名の通り、飛行能力に優れている。肉質は甘みがあり、どんな料理方法にも合うクセのなさが特徴。味の程度としては竜種の中では中程度だが、素材としては上位とされている。魔力含有量が多く、中級以上の火魔法でなくては火を通すことができない』

保存庫を使えば、この竜を全身しまい込むことも可能だ。だが、これだけ巨大な竜が突然消えたら、騒ぎになるのは間違いない。

誰かが倒したのだとしたら、その人物に所有権があるのだろうし。盗んだことが後々ばれたら、面倒だろう。だが、この巨大な竜をみすみす見逃す手はない。

「あそこだ！」

「やったのか？」

俺がわずかな間悩んでいたら、誰かが近づいてきてしまった。明らかにこの竜を目指しているようだ。

「やばっ！　何か、何かないか！」

俺は焦《あせ》りながら、咄嗟《とっさ》に手を伸ばした。

全身は手に入れられなくても、少しくらいは。貴重だとか、高価であるとか、そんなこと今の俺には関係ない。空腹絶頂の俺にとっては、天竜もただただ巨大な肉の塊でしかなかったのだ。

ちぎれて転がっている巨大な右手、ちぎれた翼膜。そして、自分でもなんでそれを選んだのかよく分からない、眼窩《がんか》から零《こぼ》れ落ちた眼球を保存庫にしまい込む。

そして、素早くテントに逃げ込もうとしたのだが……。

「も、燃えてる！　俺のテントがっ！」

なんと、テントに火がついていた。

天竜の吐いた火のブレスによって、周辺では火災が起きている。その火の粉が燃え移ったのだ。すでにテントは半分以上が火に包まれていた。

「あああ、ちくしょうっ！」

俺はテントを中身ごと保存庫に放り込んだ。この際、火を取り込まないように指定することで、テントの火は消えたはずだ。だが、テントとしてはもう使い物にならないだろう。

俺はこの日、天竜の肉を手に入れ、親と家を失ったのだった。

◇◇◆◇◇

そこは、見た目は非常に豪華で派手な部屋であった。

明らかに貴族や、それに類する者の使う部屋だろう。

ただし、人によっては成金趣味や、派手好きだと評すかもしれない。

そもそも統一感がないのだ。

目についた派手な調度品を、その時の気分で購入して適当に飾り付けたような、収まりの悪さがある。一つ一つは高価であっても、それぞれが主張し合い、良さを殺し合っているのだ。

しかも、見る者が見れば分かるだろう。見た目は派手に見えても、かなりの数の贋作《がんさく》、偽物が交じっている。

金に飽かせて上辺《うわべ》だけ豪華そうな品を買い漁り、偽物と知らずに自慢げに飾り付け、陰で馬鹿にされていることにも気付かない。ここは、持ち主の虚栄心と愚かしさをそのまま形にしたかのような部屋であった。

そんな派手なだけの部屋では、二人の男が向かい合っている。

「おい！　まだ見つからんのか？」

怒鳴っているのは、部屋と同じで成金趣味丸出しなローブを着込んだ老人だ。

腰には杖《つえ》を下げ、一応魔法士なのだろう。

だが、その動きは緩慢で、とても手練《てだ》れの動きではない。どう見ても貴族であるし、護身術以上の意味はないのだ。

この老人こそがこの部屋の主にして、エルンストの町を収める領主、ホルム子爵であった。枯れ木のようにとまでいかないがかなり痩せ細っており、あまり生命力というものが感じられなかった。まあ、年齢的にも仕方ないのかもしれないが。

だが、老人の目だけはギラギラと輝き、異様な光を放っている。まるでアンデッドか悪魔のようにすら見えた。

その声には、強い怒りと微《かす》かな焦りが含まれているようだ。

老人の前に立つ小太りの男は、より焦った様子でヘコヘコと頭を下げ始めた。老人の感情を敏感に悟り、命の危険すら感じているのだろう。媚《こ》びへつらうように笑みを浮かべているが、その目には明らかに恐怖が浮かんでいた。

男が汗まみれなのは決して熱いからではないだろう。

「も、申し訳ございません！　なにせ、先日の騒ぎのせいで町も混乱が――」

「うるさい！　獣人とはいえ子供二人だぞ！　混乱していようがいまいが、簡単に見つかるはずだろうがっ！」

「ひっ！　さ、探しておりますれば！」

「……こんなことならば、さっさと処置を施してしまえばよかったわ！」

老人がその細腕で、近くにあったナイトテーブルを殴る。鈍い音が響き、男がビクリと肩を震わせた。

「エルドよ。これを見よ」

老人が懐から小さなアクセサリーを取り出す。それは、二つの青い宝玉がはめ込まれたペンダントであった。

「これは、あの子供たちにかけた体調管理用の術式とリンクしている。娘たちが傷つけば赤く染まり、死すれば輝きを失うのだ。まだ二つとも青く光っているな?」

「は、はい」

老人が、ペンダントを小太りの男――エルドの眼前に付きつけ、そのまま顔を覗《のぞ》き込んだ。

ペンダントの青い光が反射し、老人の顔は人ならぬ色に染まっている。

「つまり、娘たちは生きているということだ。しかも、術式とのリンクが問題なく維持される範囲内でな!」

「な、なるほど……。そ、その術で子供たちの位置は分からぬのでしょうか?」

「そこまで都合のいい術ではない。生贄《いけにえ》が体調を崩さぬように管理するための術だからな。だが、この町のどこかにいることは間違いないのだ! 探せ! 草の根分けても!」

「は、はぃ!」

エルドが走り去った部屋。一人立ち尽くす老人は、己の顔が映った鏡を見つめながら呟《つぶや》く。ペンダントを握りしめながら呟く老人の顔は、まるで悪鬼の如く歪んでいた。

だが、老人は気付かない。ただ、言い聞かせるように呟き続ける。

「絶対に取り戻してやるぞ……。生贄ども……。儂《わし》は、生きるのだ……！」

その濁った目に浮かぶのは、紛れもなく狂気だった。

◇◇◆◇◇

空から竜が降ってきたあの日から一週間。

俺は、何とか生き延びていた。本当に、何とか、ではあるが。

正直、この町の治安の悪さを舐めていた。元々治安がよろしくなかったのに、竜の襲撃によって難民が増えてしまい、治安が最悪と化していたのだ。

空腹に耐えきれず、恥を忍んで食べ物を恵んでもらおうともしたのだが、誰にも見向きもされなかった。無視されるくらいならマシな方で、怒鳴り散らす者や、暴力に訴えて追い払おうとする者もいたのだ。

皆、金銭的にも食料的にも余裕がないのだろう。

哀れんだ表情を浮かべる者はいたが、それだけだ。

それに、七日間でゴロツキに八回も襲われたのである。一日一回以上人攫《ひとさら》いにエンカウントするって、どんだけ治安悪いんだ！

俺はまだ五歳ではないので奴隷商に売ることはできないのだが、見た目では分からないのだろう。

体の小ささを利用して路地や草むらに逃げ込み、何とかやり過ごしていた。おかげで、風魔法で音を消して気配を殺すのが上手くなってしまった。

「魔法で撃退してもいいんだけどさ……。魔法が使える幼児がいるなんて噂《うわさ》になったら、今以上に狙われるだろうしな。主に奴隷商狙いのゴロツキから」

値段は分からないが、きっと俺は高値で売れるだろう。

魔法技能メチャ高で、大人みたいな落ち着きを持った幼児だもんな。

「さてと、食料も手に入れたし、ねぐらに戻るか」

慎重に身を隠して草むらを進み、数分ほどで現在の拠点にたどり着く。

そこは、下水道の入り口だった。

この町は、というかこの世界の都市部では、上下水道が完備されているらしい。魔法を大規模工事に使えるおかげだろう。地面の中に無数のパイプや下水路が通されているのだ。

浄化施設もあるようで、そこで処理された汚水が川へと流されている。そのための大きな水路も作られ、川の畔《あぜ》にある出口から水が流れ出していた。

入り口はレンガとコンクリのような不思議な素材で頑丈に作られ、ファンタジーの世界とは思えないほどに近代的だ。

また、この水路の脇には点検用の通路が設けられており、徒歩で中に入っていくことができた。

俺が住処《すみか》としているのは、下水道の中から繋《つな》がる、地下遺跡の内部だ。

この町の地下には、水路だけではなく。古代王国の遺跡が埋まっている。遺跡自体は調査が終わり、お宝も何もない単なる居住区域だったと判明しているらしい。

最初は下水道に逃げ込んだのだ。

正直、ここに長くいるつもりはなかった。一時的に身を隠すだけのつもりだったのだ。

処理水されているとはいえ汚水が流れている下水は不潔だし、臭いもかなりきつい。しかも湿度が凄まじく、子供が健康的に住み続けることは難しそうだった。

だが、そこで転機が訪れる。

下水の壁の一部に、異変を感じたのだ。まあ、通路のぬめりに足を取られてコケそうになった時に壁に手をついたら、ちょっと変な音がしたってだけなんだが。完全に運が良かった。

他の場所も叩《たた》いてみたが、やはり一部だけ反響音が違っている。どうも、壁の向こう側に空間があるらしい。

そこに土魔法を使ってそこに穴をあけてみた結果、小さな部屋を発見したのだ。

古代遺跡の一画であるようだった。石造りの頑丈そうな部屋である。

多分、倉庫か何かだったのだろう。何もない、埃《ほこり》っぽいだけの部屋だったが、今の俺には十分な隠れ家だった。

部屋の中は土魔法で改修済みである。

大鍋、小鍋、フライパン用に場所を分けた三つ穴の竈《かまど》に、テーブルと椅子、ベッドまで魔法で作った。トイレだってある。モノは魔法で浄化した後に下水に流せば処理できるので楽だった。光に関しては、神様の餞別である魔導燭台があるので問題ない。

本来の入り口が崩れており、誰も入り込んでこないというのも高評価である。下水道自体も出入り口には鉄の格子があり、子供しか入れないので安全性が高い。

欠点は毎回土魔法で穴を開け閉めしなければいけないところだが、魔法の練習にもなるし、今のところは問題なく使えていた。

「今日はキノコが手に入ったからなー。ちょっと豪華だぞ」

手に入れてきた食材は四つ。

まずは、聖魔法で毒抜きをすれば食べれないことはない野草が三種類。

名前はない。この世界は地球と違い、学術的な研究が進んでいない。故に、薬草でも何でもない微毒の雑草に正式な名前などないのだ。

なので、自分で名前を付けてみた。

外見は全てニラに似ているが、味と匂いの違いからミズナモドキ、セリモドキ、クレソンモドキとした。

あと、草むらで発見した毒々しいキノコだ。くすんだ青色の傘に、灰色の斑点が入ったキノコを少し振ると、チャプチャプと音がする。中に、液体が入っているのだ。

これもただの毒キノコと思われているが、実は食用である。キノコ自体は無味無臭でマズいのだが、傘の中の液体が酢の代わりになるのだ。まあ、その酸っぱい味のせいで毒キノコと思われているんだが。

俺にとっては他の人間に採取されずに残っていてくれるので、非常にありがたい。

名前は、ビネガーマッシュと名付けてみた。

「ふふーん。今日は、野草と根っこの酸っぱ煮だぜ」

本日の主菜は、保存庫から取り出した木の根っこだ。見た目はちょっと太い牛蒡《ごぼう》である。これを手に入れたのは、二日前のことだった。

下水道に戻ってきた俺は、聞いたことがない音にその足を止めていた。身構えて周囲を見回す。そして、頭上からの異音に反応し、咄嗟にその場を飛びのいた。

「ギチギチギチ」

「うぉ！　キモッ。めちゃくちゃキモッ！」

天井から落ちてきたそいつの姿を一言で表すなら、「巨大なイソギンチャク」だ。焦げ茶色のマグカップサイズの胴体から、牛蒡のような触手が無数に生えている。胴体の中心の口と思われる場所には無数の牙が生え、完全にクリーチャーだった。

「いや、でも食えるみたいだ……。まじかよ」

自然とこいつに関する知識が湧き出てくる。

『名称「ガブルート」。種別、魔根樹種。ランク1。全身が硬い殻に覆われた、樹根型の最下級魔獣。温暖な地域全域に生息。一〇歳程度の子供でも簡単に倒すことができる。触手部分の殻を剝ぐとわずかに可食部分が存在するが、味はほとんどなく、やや鼻を刺す刺激臭があるが毒はない』

イソギンチャクかと思ったら、巨大な根っこの魔獣らしい。その大きさは子犬程度だし、確かに一〇歳児であれば楽勝かもしれない。一〇歳であればね！

口元の鋭い歯を見るに、四歳児の俺はかなり危険かもしれなかった。体の中央にあるギザギザの歯で噛《か》まれたら、痛い程度じゃすまないだろう。

ただ、俺には魔法がある。

「魔獣にも通じるかどうか……」

だが、やるしかないのだ！

触手を使ってこちらへと這《は》いずり寄ってくるガブルルートを睨《にら》みつけながら、俺は魔力に意識を向けた。

最も得意とする水魔法を、魔獣へと叩き込む。

すると、水の針はガブルルートの殻を貫き、その体を地面へと縫い付けていた。

イソギンチャクモドキはビクンビクンと全身を痙攣《けいれん》させると、そのまま動かなくなる。完全に食材に見えるし、倒せたらしい。

「意外と弱かったな……」

下級の魔獣なら、俺でも簡単に倒せるようだった。これで数日分の食料ゲットだ。ただ塩も残り少ないし、調味料が欲しいんだよな。

俺のそんな願いが通じたのか、ビネガーマッシュが採取できたというわけだった。

酢をゲットしたからには、これを使ってレッツクッキングだ！　美味しく調理してやるぜ！

まずは野草を――ではなく、手洗いだ。

保存庫の中には、暇を見つけては魔法で生み出した綺麗《きれい》な水が溜《た》められている。手洗いにも料理にも使えるので便利だ。しかも、水作成は硬水と軟水を選ぶことができた。この世界の魔法、融通利き過ぎだろう。

次に、全身に殺菌の術をかける。これは地味だが、かなり有用な術だ。効果はその名の通り殺菌なのだが、殺すのは有害な菌や微生物だけで、有用な菌には全く効果がない。なので、体内にいる善玉菌や、腸内細菌、または発酵などに使える菌は残すことができるのだった。

これを利用して、発酵系調味料を自作できないか計画中だが、原料が手に入らないので先のことになるだろう。

因みに、今の俺の服装は親に着せられていたボロボロの布服ではない。

父親が使っていた詰め襟みたいな黒い服だ。デカいのでブカブカだが、裾を折ったり、腰を紐《ひも》で縛ったりしてなんとか着ている。

やや動きにくいが魔獣素材を使っているようで、かなり丈夫なのだ。少なくとも、ただの布の服よりはましだろう。こっちの方が温かいしね。

それに加え外出時は、燃え残ったテントの一部を切り取って作ったマントを羽織っている。裏はフェルト打ちしてあるので暖かい。フードもあるし、寝るときは敷布団にも使えて、非常に重宝している。

いろいろな汚れを落としたら、ようやく調理開始だ。

「まずは、解毒解毒っと」

まあ、やることは解毒をかけた野草と根っこを刻んで鍋に入れて、塩と酢で味を付けることだけだが。

「ほほう？　切った感触も牛蒡だな。ささがきにしてみよう」

削るようにささがきにしたガブルルートの触手――牛蒡モドキを、水を張った鍋に投入する。地球なら灰汁《あく》抜きとかも必要になるんだが、そこは料理魔法の出番だ。灰汁抜きというピンポイントな魔法が存在していた。さすが神様がくれた魔法である。

天竜肉が調理できれば食材問題は一気に解決するんだが、まだ魔力が足りないんだよね。

天竜の肉は含有魔力が高いせいで、普通の火で焼いたぐらいでは全く火が通らなかった。これを焼くには、火魔法で一定時間加熱する必要がある。

せっかく、大量の肉を手に入れたのにな……。もっと成長して魔法を長時間維持できるようにならなくては。

「よし、根っこも煮えたかな？」

神様に与えられた料理魔法のおかげで、初見の食材でも火が通っているかどうか分かるのは便利だよね。

最後、酸味が飛ばないよう、ビネガーマッシュ酢を投入するのは最後だ。

火を止めた鍋に塩をパラパラとふりかけ、酢を回しかけて完成である。見た目は、薄く色の付いた水に、牛蒡とニラが浮かんでいるような感じだった。マズそうではないかな？

〈『苦魔根と山菜の苦酸味スープ、穴蔵風』、魔法効果：生命力回復・微、生命力強化・微、が完

成しました〉

スープを軽く嗅いでみる。正直、匂いは良くない。土っぽい感じなのだ。

だが、肝心なのは味だ！

「ズズ……おお、酸味だ！　酸味があるぞ！」

冷静に考えてみれば、青汁に酢を突っ込んだような激烈な味だったのだが……。何せ、四年ぶりの酸味だ。それだけで美味しく感じてしまったのである。

「明日は調理工程を少し変えてみよう。工夫すれば、匂いも苦みも抑えられそうだし」

ただ、ビネガーマッシュはもう半分しかないし、ガブルルートの根っこはあと一食分しか残っていない。やはり、安定して食材を手に入れるのが課題だな。

上手く群生地でも見つかればいいんだけどね。そう考えて採取に精を出したんだが、翌日からも碌な食材は見つからなかった。

野草はいくらでも手に入るんだけどね……。

野草スープだと栄養も偏るし、飽きも来る。

それに、子供の内臓に野草の灰汁は毒にすらなりえるので、しっかりと抜かないといけない。ただ、あまり灰汁抜きし過ぎると味も悪くなるんだよなぁ。

それでも頑張って、草をまとめて結んで食感を出したり、刻んで風味を飛ばしてみたりしたのだ。

少しはましになったかね？

あと、料理に使う食材や、使う魔法によって微妙に味に変化があるのが分かった。

魔力含有量が多いと美味しいというのは知っていたが、それがほんのわずかでも旨《うま》みが感じられるのである。

そのため、水や火に込める魔力を増やすことで、さらにマシな味にすることができるようになっていた。これは大発見だね！　問題は、どれだけ味が良くなろうとも、栄養にはならないってことだろう。

「やっぱり、もうちょっと遠くまでいかないとダメか……」

これまでは安全を優先して、下水の入り口二〇メートル以内で生活してきた。

だが、食材を得るためにも、そろそろ行動範囲を広げてみようと思う。

俺は身を低くしながら、樹木が密集する林に突入した。がさがさと草むらや木々をかき分けながら、食材を探す。

最初に見つけたのは、食用に使える樹木だ。タラノメのように新芽が食べられるらしい。だが時期が悪く、すでに葉が青々と茂っていた。

その後も樹木を中心に食材を探すが、良い食材は見つからない。果実っぽいのはあるんだが、まだ実が熟していなかったり、逆に遅かったりした。

だが、ここで草に逃げたりはしない。それでは晩飯はまた野草のスープと、おひたしになってしまう。

もっと違う物が食べたいのだ。

具体的には肉か甘味《かんみ》だ！

「うーん。ない――」

「ないない――」

「これもだめか――」

一時間ほど探索したが、木の実などは見つからない。発見できたのは野草二種類と、キノコが二つだけだった。

いや、ね？　途中で心が折れかけて、ちょっとだけ野草探索に逃げてしまったのだ。でも、ただ野草をむしっただけじゃないんだよ？

今日見つけた草のうち一つは新種だったのだ。ノビルに似た山菜で、小ぶりな根っこはカブのような味がするらしい。カブノビルと名付けた。これは良いものだ。

キノコも、シイタケに似た味のする食用のキノコだ。ややアンモニア臭がするらしいが、ただ焼いただけでも食べられるようだ。ご馳走《ちそう》である。

うん。分かってる。どれだけいいものでも、これらは目的のものではない。

「奥の手を使うか……」

俺は、魔法の使用を思案する。

温度感知や嗅覚強化の術を使えば、大きい成果をあげられる可能性があった。

ただ、問題もある。

技術と才能を神様から与えられているとはいえ、まだまだ俺の魔力は少ない。魔法を連発したら、すぐに魔力切れを起こすだろう。

その状態で襲われたら危険だ。

しかし、このまま普通に探していても、肉が手に入る確率は低い。

「……どうするかな」

今日はすでに一回、温度感知を使っている。魔力消費が重いこの術は、調理のための魔力を残すことを考えたらあと一発しか使えないだろう。しかも、他の大きい魔法も使えなくなるし。

ここで使ってしまっていいのか？

「うーむ」

どうするか。だが、ここで逃げていいのか？　また、微妙な味の野草のスープで腹を満たすのか？

否だ！

「よし、やったるか！」

覚悟を決めた。俺は美味《うま》い飯を食べる！　今日ここで食材を手に入れてな！

温度感知の術を維持できるのは五分ほど。その間に食材を発見せねばならない。

「温もりを、熱を、命を見通す目を我に。温度感知！」

魔法を使用すると、魔力が目に集まる感覚とともに、視覚に変化が現れる。まるでサーモグラフィーのように、熱が高い部分が赤っぽく光るのだ。

魔法の効果が続いている間に、食材をゲットせねば。地面や草の間、頭上に茂る木々の間を目を皿にして探す。

そして制限時間ぎりぎりで、俺はそれを見つけた。

「あれは……鳥の巣か？　それに、木の実？」

木の上に、熱源があったのである。よく見ると小枝などが密集し、籠のようになっている。多分、鳥の巣の中に卵があるのだろう。ただ、親鳥はいないようだ。

さらにその周辺に、微妙な熱が複数。熟した木の実だろう。

五メートルほど頭上だ。幼児の俺にとってはかなり高かった。どうやって取るか、しばし思案する。

「どうしよっかな……」

魔法で下に落とすのも、確実性がない。卵が割れるかもしれんし。何か消費が少ない魔法で使えるものはないか思案すると、良い魔法があった。

「見えざる腕よ！　我が意のままに摑み、持ち上げよ！　魔力の腕！」

これは、長く大きな半透明の腕を生み出す魔法だ。

大きな食材を捌《さば》いたりする時に使う術で、力もそれなりに強い。まあ、幼児の俺よりは遥《はる》かに腕力があるだろう。それに、繊細な動きも可能なのだ。

俺は魔力の腕を使い、木の上の鳥卵三つをそっと持ち上げる。さらに、巣の周辺に生っていた黒い木の実を採れるだけゲットしていく。大量だ。

木の実は『カセナッツの実』の原種だった。殻が石よりも硬いせいで、熟していても鳥に食べられなかったのだろう。普段は小動物が食べているんだと思うが、火災のせいで逃げ出したのかな？

ともかく、残っていてくれてラッキーだった。

「いいものを手に入れたな」

わざわざ原種と表すのは、改良品種があるからだ。このカセナッツはわずかながら魔力があり、それを抽出して濃縮すると回復の力を発揮する。つまり、ポーションの原料なのだ。

ただ、原種に含まれる魔力はほんのわずかで、どれだけ抽出しても最下級ポーションにしかならないが。

その問題を解決するために品種改良が行われ、魔力を多く含んだ栽培品が出回っているらしい。そのおかげで野生に生えている原種は見向きもされなくなり、俺でもゲットすることができたというわけだ。幸運だったと言えよう。

「カセナッツは色々使い道があるからな」

種はどんぐりに似ているし、少量の油も取れる。ポーションにすれば甘みが出るので、調味料代わりにもなる。食感もいい。

「卵も合わせたら料理の幅が一気に広がるな」

住処に戻る俺の足取りは、自然と軽いものになった。時折、無意識にスキップまで出てしまうほどに。合わせて、顔がにやけてしまうのが分かる。今日の収穫は、俺にとってはそれほどに嬉《うれ》しいことだった。

だが、すぐに良い気分に水が差されてしまう。

茂みの向こうの道から、複数の人間の声がしたのだ。俺はとっさに身を潜めた。穏やかな様子ではない。

「おい見つけたか？」

「いません。もうこの辺りにはいないんじゃ？　もう二日っすよ？」

「ちっ！　いいか、何としても見つけ出すんだ！　あのガキどもに、どれぐらいの価値があると思ってるんだ！」

「は、はい」

「くそ！　どこまで逃げやがったんだあのガキども！」

ゴロツキたちが何やら言い合っている。会話の内容からすると、逃げ出した誰かを追っているようだ。

ガキという言葉からすると、子供だろうか？　どうやらあいつらは人買いで、逃げ出した子供たちを追っている、と。

巻き込まれる前に帰ろう。ついでとばかりに襲われては、たまったもんじゃない。

俺はより一層慎重に行動することを誓うと、時間をかけてゆっくりと住処の前まで戻ってきていた。だが、違和感を覚えてその足を止める。

「……入り口が荒れてるな」

下水道の出入り口付近に、足跡が残っていた。よく見てみると、子供の足跡のようだ。泥をつけたままの素足で歩いたのだろう。

小さい足形が、奥に続くように残っていた。

「……面倒な」

これ、絶対に厄介事だろ！

俺は顔をしかめたまま、下水道の入り口付近の足跡を消していく。これが残っていたら、人が下水に出入りしていることがバレバレだからだ。

それに、侵入者にも注意が必要だった。

同じ境遇の浮浪児なんかであったら、縄張りの奪い合いになるかもしれない。近所の子供であっても、そこから親などに俺の存在がばれるかもしれなかった。

「ゴロツキが追ってたやつらだとすると……」

より厄介だ。やつらがここまで来るかもしれないのだ。

侵入者が何者か分からない以上、こちらが先に発見したい。

俺は風の結界を身に纏《まと》った。匂いの強い食材を扱う際に、臭さを遮断するための術である。アレンジによっては、匂いと音を遮断する隠密行動用の術としても使えた。

上手《うま》く無詠唱で発動できたようだ。

通路の足跡は奥まで続いている。下水道内は、途中途中で光が差し込んでいるので、完全な闇ではない。これは、雨水を下水に流す用の取水口である。

足跡の数は、二人分だ。泥の乾き具合からすると、ここを通り過ぎたのは結構前だったと思われる。

俺が外出した直後に、ここにやってきたんだろう。

「ちっ」

足跡を消しつつ追っていた俺は、思わず舌打ちをした。住処に繋がる穴をいつも開けている場所のちょうど目の前に、人の気配があったのだ。

微かに声のようなものも聞こえる。

「う、うにゅぁ……ぐず」

「ひぐぅ。ひんひん……」

微かに聞き取れるのは、呻《うめ》くような泣き声だった。

どうやら二人いるらしいが、様子がおかしい。

影のようなものは三つ見えるのだが、一つは全く動かない。呼吸による微かな動きさえないのだ。

一人、死んでいるのだろうか？

俺はゆっくりと慎重に、人影へと近づいた。

どうやら片方が俺の姿を視界に捉えたようだ。わずかに身じろぎして、反応を示す。

その反応で、もう一人もこちらに気付いたらしい。必死に首を動かして、こちらを見た。

二人は目を見開いて、俺を見つめている。その顔に浮かぶのは、まぎれもない恐怖だ。

逃げようとしているのだろうが、ほとんど動くこともできず、イヤイヤをするように首だけを動かしている。

自分よりも幼い俺の姿に恐怖心を抱くほど、余裕がないようだ。

いや、俺そう言えばフードで顔隠したままだったわ。身長が低いけど、完全な不審者だ。

しかし、俺は場違いな感動を覚えていた。

「獣人の子供か……！」

子供たちが怖がっているのに不謹慎なのだが、自身の視線が彼女たちの耳に吸い込まれているのが分かる。まさか、この目で本物の獣人を見ることができるとは！

どちらも、頭の上には耳が生え、長い尻尾も見えていた。

薄汚れているせいで分かりづらいが、片方が金髪白肌。もう片方が銀髪褐色肌だろう。

胸糞《むなくそ》悪い話だが、獣人は非常に珍しいうえ能力が高く、高値で売買されているらしい。両親が散々そんな話をしていたのだ。人の数十倍の価値が付くとか言っていたかな？

ゴロツキたちが追っていた相手に間違いないようだった。

そして、二人の様子を観察して、状況を理解する。

二人の横で動かないもう一つの影は、小型犬とほぼ同じサイズの鼠《ねずみ》だった。これはポイズンラットという魔獣の一種だ。

その名前の通り、身には強力な毒があり、毒抜きをしないと食すことができない。というか、普通は食べたりしない。

魔獣としてはそれほど強くもなく、大きな町の地下に生息していることも多いという。

ポイズンラットの後ろ足には、血がにじんでいた。何かに噛みちぎられたように、深い傷が穿《うが》たれている。そして、獣人子供たちの口周りには、血がこびり付いている。

たぶん、この二人は奴隷商の元から逃げ出したはいいが、食事を確保することができずに飢えてしまったのだろう。そして、この下水の中でポイズンラットを発見した。

いや、獣人は鼻がいいらしいので、自分たちから襲ったのかもしれない。

だが、運よくポイズンラットを仕留めたはいいが、食べる方法が分からない。焼こうとした痕跡はある。

二人の足元には細い木の棒が落ちており、わずかに煤《すす》けて黒く変色した地面があった。棒を擦《こす》って、火を熾《おこ》そうとしたのだろう。親か誰かがそうやって火を熾こしていたのを見て、覚えていたのかもしれない。だが、火種も何もないところを木で擦ったからと言って、火が熾きるはずもない。

刃物を持っている様子もないので、切り分けることもできなかったのだろう。

結果として二人は、ポイズンラットの死体に生のままかぶりつき、毒にやられてしまったようだった。

毒の回り具合から見て、結構な時間が経っている。このままでは危ないかもしれない。

ただ、ここで助けたとしても、それではいサヨウナラとはならないだろう。

二人を匿《かくま》えば、一緒に奴隷商人に襲われる可能性もあるし、この二人から俺の情報が漏れる場合だってある。

食い扶持《ぶち》も一気に倍以上だし、どう考えても負担が凄まじいことになる。

俺にそんな余裕あるのか？　自分が生きるだけで精いっぱいなんだぞ？

犬や猫を拾うのとは違うのだ。

だが、しかし！

俺に、ケモミミを見捨てるなどという選択肢は存在しない。

そもそも、外見は四歳児とはいえ中身は日本育ちの二五歳。正直、死にかけている子供を見捨てることはできそうになかった。

「……よし！」

助けると決めた俺は、ゆっくりと獣人の少女たちへと近づいた。

俺が二人の前に片膝をつくと、より一層怯《おび》えた顔で体を震わせる。だが、痙攣《けいれん》するその体では首を動かすことさえ困難なようだった。

「いいか？　今から助けてやる。悪いようにはしない」

その言葉が理解できているのかいないのか、攻撃をしてこない俺を不思議そうな瞳で見上げている。

「俺は敵じゃない」

安心させるため、無理やり笑顔を作る。ぎこちないのは自覚しているが、やらないよりはましだろう。こっちの世界に転生して、ろくに笑ったことなんかなかったしな。

そして、二人の頭をそっと撫《な》でた。

敵ではないということを分かってもらうために。

数度、優しく撫でてやる。決してモフモフのケモミミ――モフミミを愛《め》でたいからではない。

金髪の子は猫の獣人かな？　尻尾もシュッとしているし。

銀髪の子の方は、犬系だろう。フサフサの尻尾が可愛いのだ。

獣人の子供たちから――まあ、今の俺よりは明らかに年上だが――怯える気配がわずかに減った気がする。

「解毒。もういっちょ解毒」

魔法の効果は劇的だ。青白かった二人の顔には微かな赤みが差し、ぴくぴくと震えていた体の痙攣が収まる。痛みも引いたようで、苦しげな表情が消えた。

子供たちが驚いているのが分かるのだ。

「あとは、殺菌、殺菌」

ついでに殺菌しておく。毒は消えたが、下水に住むネズミにかぶりついて、どんな菌に感染していたかもわからないし。

「おい、歩けるか？」

「うにぁ」

「わうぅ」

二人には口を開く体力さえ残っていないようだった。

これでは歩けるはずもなく、それどころか立ち上がることもできなかった。

仕方がない。俺は魔法で壁に穴をあけると、二人を住処《すみか》に引き入れる。だが、俺よりもデカイ少女たちを担ぐのは苦労した。

重いし、力の抜けた体では重心も安定しない。さすがに引きずるのはまずいと思ったので、何とか背負い、一人ずつ部屋に移動させたよ。

「布団がないのは勘弁してくれ」

せめてもと三重に敷いた元テントのマットの上に、二人をそっと寝かしてやる。俺にできる精一杯だ。

もう大丈夫だという意味を込めて、子供たちの頭を再び軽く撫でる。

ああ、モフミミがモッフモフやでー。ずっとこうしていたいが……。

グギュルルギュオオォォ～！

「にゃぅ……」

「わぅ……」

二人の腹が飯を食わせろと唸《うな》り声を上げていた。

倒れるほど餓えているのだし、仕方ないが。

その空腹をどうにかするためにも、何か料理を作ってやらねば。

「よし、あのポイズンラットを使わせてもらうか」

食材知識のおかげで、ポイズンラットの肉を使えば体力回復効果があると分かっている。まあ、ほんのわずかだが、今はそのわずかが重要だろう。

俺は、外に放置されていたポイズンラットを保存庫へと収納した。

保存庫の機能で部位ごとに分別する。

毒肉、毛皮、毒血液、骨、魔石、その他。これだけで、血抜きも解体も一瞬でできるのだから便利な魔法だ。さすがに、毒の除去などはできないようだが。多分、人が手で解体した場合と同じ感覚なんだろう。

俺はポイズンラットの毒肉を取り出し、早速解毒の魔法をかける。

「よし、食えるようになったな」

赤紫の肉から刺激臭が消え、肉に柔らかさが増したのが分かる。毒素が肉質に影響を与えていたんだろう。

料理魔法の効果により、食用になったのが分かる。

毒の種類とかが分からずとも完全に除去できてしまうのだから、魔法はズルいね。河豚《ふぐ》料理のお店とか絶対欲しがるだろ。

次に鍋に水を張ると、解毒したポイズンラットの背骨を入れて火にかける。

天竜肉と違い普通の炎でも調理が可能なので楽だ。

まずは加熱の術で大鍋を段階的に熱し、ゆっくりと沸騰させて出汁を取っていく。水がやや黄色がかってきたら骨を取り出し、野草を投入だ。

今日取ってきたばかりのカブノビルと、ミズナモドキ、シイタケモドキを刻んで加える。

キノコは食感がある方が美味しいんだけど、今回は食べやすさ優先だ。灰汁取りも忘れない。

「次はこいつだな」

カセナッツの実を地面に置くと、石で叩いて殻を割る。一〇個ほどを割り、取り出した実をフライパンに乗せた。

それを焦がさないように慎重に炒《い》っていく。ここでも加熱を使い調理工程を短縮だ。

ある程度火が通ったら粉々に砕き、出汁を取っていた鍋とは違う小鍋に入れて、魔法で生み出した水で煮る。ここに、砕いた魔石の粉末をわずかに加えた。

俺が作っているのは最下級ポーションだ。カセナッツ、水、魔力触媒、この三つを配合することで最下級のポーションが作れる。

カセナッツを使っているせいでこれも料理扱いになるんだから、神様も大雑把だ。まあ、助かってるからいいんだけどさ。

ザルで濾《こ》して液体だけを取り出し、魔法で成分を濃縮して完成だ。

一〇個ものカセナッツを使ったが、できる量は小さいコップ半分ほどの量である。回復効果も見込めるうえ、旨《うま》み調味料としても使えた。最下級ポーションなので、回復効果は本当にわずかではあるが。

大鍋がよく煮えたらネズミ肉を投入するのだが、フライパンでサイコロステーキのように焼いたものを使う。調理時間短縮と、風味を増すためだ。このネズミ肉、味はあまりよくないとあるので、せめて風味で勝負なのである。

肉を加えてさらに一煮立ちさせたら、鍋を回しながら溶き卵を流し入れた。フワフワの卵が美味しそうだね。

最後に、最下級ポーションと奮発した塩で味を調えて、完成である。

〈『毒鼠と山菜の卵スープ、穴蔵風』、魔法効果：生命力回復・微、体力回復・微、生命力強化・微が完成しました〉

所々で魔法を使って時間を短縮したため、調理を始めてわずか一〇分で完成した。

薄黄色のスープの中に、サイコロ状の鼠肉が盛られ、緑鮮やかな野草が彩《いろど》りを与えている。

毒鼠の肉が見慣れない赤紫だが、思ったよりも毒々しくはない。美味そうな匂いのせいだろうか？

それとも、緑色との配色が綺麗《きれい》だから？

味見してみると、まあまあ美味しい。ネズミ出汁が効いているのだ。

牛骨スープのようなあっさりとした旨みと、溶き入れた卵の相性も良く、最下級ポーションの甘みもあって中華スープにも似ている。

滋養強壮には良さそうだった。

だが、弱った獣人の子供たちは、自分でスープを飲めそうもない。

とりあえず、金髪の子供を助け起こすと、お椀《わん》によそったスープを飲ませてやる。

「ほら、食べられるか？」

「うにゅ……」

スプーンに肉は載せず、最初は汁だけだ。

子供はやや警戒していたようだったが、スンスンと嗅ぐと我慢できなかったのだろう。

口元に持って行ったスプーンから、啄《ついば》むようにスープを飲んだ。

美味しかったのだろう。

子供は泣きそうな顔で笑った。その笑顔に、グッと来てしまう。

思わずギュッと抱きしめてやりたくなるが、堪《こら》えた。だって、事案じゃろ？　代わりに、もう大丈夫だという意味を込めて頭を撫でるだけに留めた。

そのまま、一〇回ほどスプーンでスープを飲ませてやる。次は銀髪の子供だ。先ほどから、羨《うらや》ましそうな顔で、こっちを見ていたからね。

こちらの子も抱き起してやり、スープを飲ませる。

相方が美味しそうに飲んでいたせいだろう、最初から警戒心なくスープを啜《すす》っていた。

交互に数回ずつ飲ませ続け、お椀《わん》一杯分のスープがなくなった頃。

二人の体調に変化が表れていた。

さすが、魔法料理人が作った魔法効果付き料理だ。回復薬も微妙に効いてくれたのかな?

もう、俺が支えてやらなくても体を起こすことができている。さらに、スープを注いだお椀を手渡してやれば、自力で飲むことができていた。

お椀に直接口をつけるいわゆる犬食いというやつだが、今は仕方ないだろう。

「もう大丈夫か」

安堵する俺の前で、子供たちはスープを凄まじい速度で飲み干す。そして、期待を込めた瞳で、俺を見上げた。

一言も発していないのに、その瞳は二人の気持ちを雄弁に物語る。

「分かったよ。でも、飲み過ぎはよくないから、もう一杯だけな。その代わり、肉を入れてやるから」

「にゃ!」

「わう!」

その言葉に、二人は本当に嬉しそうな顔でコクコクと頷《うなず》いた。

そして、俺が再度渡してやったスープをガツガツと食べていく。

「よく嚙《か》んで食べなさい！」

「にゅ！」

「わふ！」

肯定なの？　否定なの？

とりあえず、返事する労力が惜しいほどにスープを気に入ってくれたのは分かったけど。

二杯目を飲み干すのに三分かからなかったな。

満足した二人が寝っ転がるのを見て、匂いを漏らさぬように張っていた風魔法の結界を解除する。

これ、料理中に出る煙なんかも遮断できるから便利なんだよね。最後は煙ごと保存庫にしまってしまえばいいし。どっかで捨てないといけないけどね。

仰向けになりながらも名残惜しそうにお椀を見つめている彼女らに、俺は気になっていたことを尋ねる。

「お前ら、名前は？」

子供とか、獣人とか、呼びにくくて仕方がない。だが、子供たちはキョトンとした表情だ。何を聞かれているか、分からないといった顔である。

「なまえ？」

「名前？」

首を捻《ひね》っている二人。え？　名前分からないの？

「親とかに、何て呼ばれていたんだ？」

「親？　いないです！」

「いないー」

金髪白肌の猫の子が、何故か元気よく。銀髪褐色の犬の子は、間延びした眠たげな顔と声で、答える。

しかし、まじかよ。親がいない？

「じゃ、じゃあ。他のやつにはどう呼ばれてた？　何かあるだろ？」

俺の問いに、二人は事もなげに答える。

「おまえ」

「ガキども」

「獣人」

「犬ころ」

名前じゃない！

「あー分かった。分かったよ。俺が悪かった」

予想通りの境遇だった。まあ、予想よりもちょっとだけ酷いが。というか、俺よりもさらに過酷だった。天涯孤独で奴隷スタートだもんな。

これは、俺がこの二人を保護しても文句を言うのはクソ奴隷商人だけじゃないか？

むしろ、俺が保護するべきだ。そうなのだ！　決してモフミミキングダムの第一歩だなんて考えてないから！

真面目な話、ここで追い出すとか鬼畜の所業じゃん？　助けたからには、もうちょっと面倒を見てやらねばならんと思うのですよ。

「まあ、でも、名前がないのは不便だしな」

どうするか悩んでいると、二人が服の裾をチョンチョンと引っ張っている。

「つけてほしいのです」

「つけてつけてー」

「……いいのか？」

「うん！」

「いい」

「……分かったよ」

期待のこもったキラキラした眼差《まなざ》しに負け、頷いてしまった。まだ性別の見分けが付きづらい年齢だが、二人とも女の子だ。

お湯で頭や顔を拭いてやると、驚くほど美しい素顔が分かる。

「わくわく！」

「わくわくー」

ずっとワクワクした表情で俺を見つめている、金髪の少女。

シュッと長く、しなやかな尻尾。アーモンド形のネコ目。どう見ても、猫だ。ショートボブの髪の毛は、少し薄めの金色だ。シャンパンゴールドって言うやつ？

犬獣人の少女は、いまだに眠そうだな。

長い銀髪、褐色肌の娘だ。形の良い三角の耳に、猫娘よりもやや短く、フサッとした尻尾。狐《きつね》のようにも見えるが、それにしては尻尾にボリュームがないような気がする。多分、シェパード系の犬の獣人だと思われた。

うーん。色味的には、金と銀？　いかん、凄腕《すごうで》の賭博師になってしまいそうだ。ゴールドとシルバー？　駄目だ、可愛くないなぁ。

よし、ここはフィーリングでいこう！　というか、犬と猫の名前って考えたら、もうこれかタマポチしか出てこなくなってしまった。

「……シロとクロだ！」

なんだ？　文句は言わせせんぞ。自分たちで決めてほしいと言ってきたんだからな。

俺はチラッと様子を窺ってみる。

べ、別に、自分のネーミングセンスがあまりよくないと知っているとか、そう理由ではないのだ。本当だよ？　でも、他のがいいなら、また考えるけど？　ど、どうっすかね？

「シロ？」

「クロー？」

「ああ、猫の子がシロ。犬の子がクロだ」

俺がそう告げると、自分を指さして嬉し気に名を口にした。

「シロ！」

「クロ～」

次いで、二人は互いを勢いよく指さし名前を言い合っている。

「クロ！」

「シロ～」

「クロクロ」

「シロシロシロー」

なぜ抱き合う？

次に、自分を指さして、再び自分の名前を連呼だ。

「シロシロシロ！」

「クロクロ～」

よく分からんが、喜んでいるようだ。なんか楽しそうである。

「シロッ！」

「クロー」

最後にシロとクロはビシーッとポーズを決めた。今にも「二人はプリ○キュア」とか叫びそうなポーズである。そういえばあれも初代は黒と白だったたな。

シロの大きな猫瞳は輝いていて、本気で嬉しそうだ。クロの眠たげな表情からはその内面を読み取ることはできないが、ブンブンとふられる尻尾がその気持ちを何よりも教えてくれている。

「気に入ったみたいでよかった」

「気に入った！」

「ありがとうございー」

二人が俺に向かって頭を下げた。

「ご主人様」

「うん？」

今クロが、とんでもない呼び方をしなかったか？　え？　空耳？

「ご主人様って言ったか？」

「うん。偉い人は、ご主人様なのー」

「あ、シロも知ってたです！　ご主人様です！」

「うん、ご主人様」

「ご主人様っ！　シロのご主人様なのです！」

空耳じゃなかった！

しかし、意味不明だ。なぜご主人様？

俺は根気強く、話を聞いた。どうやら、奴隷商人に捕まっている間にまた聞きしたらしい。隣の檻《おり》にいたおじさんに教えてもらったんだとか。

まあ、普通に売られていたら、確かにご主人様呼びになっていたんだろうが……。

「ダメ！　ご主人様呼びはダメ！」

異世界だから問題ないのかもしれないけど、元地球庶民の俺の魂が否と叫んでいる！　というか、ケモミミ幼女にご主人様呼びとか、事案過ぎて震える。

「俺はトールっていうんだ。だから、名前で呼んでくれ」

「トール様ー？」

「トール様っ！」

「よ、呼び捨てでいい！　マジで！　お願いします！」

あと、もう一つ驚いたのが、彼女らの年齢だ。なんと、二人とも四歳なのだという。

どう見ても六歳くらいにしか見えない。ヒューマンと獣人では成長の仕方が違うようだ。

自分たちが何の獣人かもよくわかっていないくらいなので、そういった種族の特性については俺の推測でしかないのだが。

「わーい、トール！」

「トール、よろ～」

「はあ、仕方ない。乗り掛かった船だしな。よろしくな、シロ、クロ」

「よろしくです！」

「よろー」

俺の言葉に対し、シロとクロは手をシュタッと上げながら無邪気に笑うのだった。

第二章……シロとクロ

CURSED COOK RAISES MOFUMIMI GIRLS

「うにゅう」

「わふぅ」

シロとクロが、マットの上で微睡《まどろ》んでいる。

耳や尻尾がピクピクと動き、本当に犬と猫のようだ。

そんなホッコリする姿を見ながら、俺は今後のことを考えていた。

二人を今後とも保護し、育てていくのは決定事項だ。誰が何と言おうとシロクロは俺が育てて見せる！

真面目な話、ここで放り出しても奴隷ルート一直線だろう。外ではゴロツキたちが二人を捜しているし、そうでなくともこの町は治安が悪いからな。

まあ、俺と一緒に下水暮らしするのが、奴隷よりマシかどうかは分からんけど……。こっちの方がよかったと言ってもらえるように、頑張るつもりだ。

ならば、より一層の力が必要だった。

俺が強くなることも、二人を強くすることも必須だろう。食材を得るにしても、生き延びるにしても。

俺では、武器の使い方は教えてやれない。そっち方面のチートは一切ないのだ。

できるのは魔法の指導と、食事の用意くらいである。

特に魔法だな。教会に高額のお布施なんぞ払えないので、得意な属性を調べることはできない。

そもそも、教会の場所も知らんし、知ってても行けないのだ。

となると、地道に基礎の魔法を教えて、覚えがいい魔法を探っていくしかないだろう。ただ、それも難しくはないと思う。

食材などの魔力の濃さを調べる術でシロとクロを見たのだが、二人ともかなり強い魔力を宿していた。もしかしたら、種族的に魔力が高いのかもしれない。

そりゃあ、奴隷商人が血眼になって追いかけまわすわけだ。

「明日から忙しくなりそうだな」

クークーと可愛《かわい》い寝息を立て始めた、シロとクロを見る。

よいモフミミだ！　それだけでも守る理由は十分だけど、それだけじゃない。出会ったばかりだけど、もう情が移り始めてしまっていた。

シロとクロが奴隷にされる姿を想像すると、まだ見ぬ奴隷商に殺意すら覚える。

絶対に、俺が強くしてやるからな。

翌朝、すっかり体調が回復し、ガッツリ朝食を食べたシロとクロが、俺に何か言いたそうな顔をしていた。

「あのね、トールは、魔法使いなのです？」

「あれー」

シロクロが指さしたのは、魔導燭台《しょくだい》だ。他にも、目の前で食材出したりもしたし解毒もしてやったからな。

「まあ、一応ね」

「すごいです！」

「クロも使ってみたい」

目をキラキラさせている。魔法の世界の住人でも、魔法に憧れがあるみたいだ。

「多分、二人もすぐに使えるようになると思うぞ」

「え？　ほんとです？　シロにも魔法使えるのですか？」

「シロずるい。クロもー」

これなら、早速訓練を始めてみるのもいいだろう。子供の二人に魔法の勉強は難しそうだと思っていたが、やる気があるなら話は早い。

「じゃあ、簡単な魔法を教えてやるよ」

「はいです！」

「うん」

二人でも使えそうな、初級の魔法をいくつかピックアップする。

「どれがいいか。とりあえず、身を守れるようなやつがいいよな」

「シロかっこいいのがよいです！」

「クロは強いのー」

「はいはい、そういうのはもっと上達したらな」

とりあえず、着火、微風、水滴、土操の四種を教えてみようかな。光や闇の初級魔法もありか？

俺はチートのおかげで全属性なのでこうして教えることができるが、普通はこんな教え方はできない。それ故、教会で一番得意な属性を調べたりするんだろう。まあ、メッチャお金がかかるみたいだけど。

奴隷商人から身を隠すため、最低でもあと五日間は二人をこの部屋から出すつもりはない。その間を魔法の修行に当てようと思う。

「じゃあ、まずは魔力を感じるところからだな。手を前にかざしてみろ」

「あい！」

「ほいー」

「そんで、集中だ。体の中の魔力を、掌《てのひら》に集中させるんだ」

「魔力？」

「よくわからない」

俺はチートで魔法をもらえてしまったので、簡単に魔力を感じることはできた。だが、二人はそうもいかないみたいだ。

魔力は持っているので、不可能ではないはずなんだが……。

「見てろよ」

「トール光ってるです！」

「これが魔力ー？」

「そうだ」

「ふわー。あったかい」

「きもちー」

「この感じを覚えるんだ」

俺は自分で褒めてあげたいくらい、根気強く二人に教え続けた。幼いながらも、彼女らはよく頑張ったと思う。憧れの魔法を習っているということで、集中力が持続したのだろう。

二時間もすると、魔力を感じ取れるようになっていた。

俺は妙に疲れちゃったけどね！

「次は、詠唱だな」

むしろ、こっちが難しいかもしれない。何せ四歳だ。多少成長速度が速いとはいえ、こういった勉強チックなことが得意そうには見えないし。

案の定、シロクロはさらに二時間以上たっても、呪文を空で唱えることができなかった。

「風よ、我が意にこにゃにゅにゃにゃにゃにゃーっ！」

「シロかっこ悪い。クロはもう大丈夫。土にょ……！」

「にゃーっ！」

「わうっ！」

文言自体は短いので、覚えること自体は難しくない。だが、噛《か》みまくりだった。

「かぜにょ！」

「土よ、わがいにきょちゃえ」

さらに二時間。

シロたちは頑張った。その甲斐《かい》あってか、二人は何とか初級呪文をものにしていた。

「風よ、我が意に応えて吹け！　微風！」

「土よ、わが意にこたえてうごけ。土操ー」

シロが風、クロが土の初級魔法を発動できている。

そうして調子に乗って魔法を使いまくった結果――。

「うにぅ、なんかダルいです」

「わう、クロも～」

「それは魔力切れ寸前の症状だな」

かなりダルイだろうが、俺は二人に毎日魔法を使わせることにした。

少しでも術を多く使い、魔法の腕前を上げるためだ。上手《うま》くなれば、詠唱も短く済むし。

「そのまま寝てていいぞ」

「うん」

「はいー」

強い倦怠感《けんたいかん》があるはずなんだが、スヤスヤと眠り始めた二人は満足げな表情だった。

◇◆◇

クロシロを助けてから七日。

俺は二人を連れて、下水の奥に入り込んでいた。

「クロ、どうだ？」

「あっちから蟲《むし》のにおい」

「よし、シロはそっちから追い込め」

「わかったのです！　シロやるです！」

目的は食料の調達と、レベリングだ。

この下水には、ガブルルートとポイズンラットに加え、巨大カマドウマであるラージドウマの三種類の魔獣が生息している。普通の人間からしたら、ほとんど脅威性のない最下級の魔獣だ。

大量発生しない限り、討伐や駆除の対象にすらならない程度の存在である。

地球で言ったらゴキとかドブネズミとか、そんなレベルだろう。家の近くに出没したら駆除するが、わざわざ下水の中にまで駆除しに来たりはしないのだ。

だが、幼児三人には少々物騒な相手である。しかも、最下級魔獣にふさわしく、倒しても大した魔力は吸収できない。

それでも、下水という他者に見つからない安全な場所で狩ることができ、食料にもなる魔獣は俺たちにとっては絶好の獲物だった。

正直、ラージドウマの足とか、最初はかなり抵抗があったのだ。しかし、背に腹は代えられないと無理にでも食べたところ、意外と食べられた。無味無臭の蟹《かに》的な？　塩茹《しおゆ》ですれば、クセもなく食べやすかった。

そうして地道に魔獣狩りを続けた結果、それなりの食料を確保しつつ魔力総量をわずかに増やすことができている。悪くない戦果だろう。

それに、魔獣を狩るうちに俺もシロクロも戦闘に慣れ、それぞれが自分のスタイルを見つけつつあった。

俺は魔法が主体だ。

敵を近寄らせず、無詠唱の魔法で狙撃する戦い方を確立しつつあった。

次にシロだが、メインの攻撃は爪である。猫の獣人だけあって、シロの爪は大きくて固く、戦闘にも十分使用できた。

さらに、俺の父が残していった革の手甲を左腕に装備することで、敵の攻撃を受け流すことも可能である。相当ぼろいが、最下級魔獣を相手にするには十分だった。シロは目がいいのだろう。意外と素早い魔獣相手でも、危なげないのだ。

しかも、魔法もだいぶ上達している。微風だけではなく、風結界と風刃も取得できているのだ。シロは風に適性があるらしい。明らかに、他の魔法とは習得速度が違っていた。

風結界はその名の通り、風の盾のようなものを張る術。風刃はカマイタチの術だが、遠距離以外にも爪に纏《まと》えば直接攻撃力を増すこともできた。

ポイズンラットを相手にする際には直接触れることなく攻撃できるので、だいぶ重宝している。

あと、光にも適性がありそうなんだが、今は豆電球みたいな光を一瞬だけ光らせることしかできていなかった。魔法が上達するまでは、風属性を集中的に練習させた方がいいだろう。

そしてクロだが、彼女には俺の母親のショートソードを使わせている。まあ、半ばから折れ、ダガー程度の長さしかないのだが。全く切れないというわけではないし、重さもちょうどよくなっているので結果オーライだろう。

猫獣人のシロと比べると敏捷《びんしょう》や腕力ではやや劣るようだが、その分魔法への才能があるようだ。

なんと、特殊属性である闇魔法を、実用レベルで覚えることができていた。

闇刃という、相手の肉体と精神を同時に削る魔法だ。射出型も、ショートソードに纏《まと》わせる近接型も、詠唱短縮で自在に使いこなす。隠蔽もすでに無詠唱で使うし、まだ拙いながらも幻覚の術も覚え始めていた。

あと、火種《ひだね》の魔法もあっさりと使えたので、闇と火が得意っぽいのだ。

そんな二人の格好は、もう逃げ出した時に羽織っていた襤褸《ぼろき》切れ姿ではない。俺の母親の使っていた丈が長いブラウスを被《かぶ》り、腰を紐《ひも》で縛ってワンピース風にして使っている。

防御力が高いわけじゃないが、布切れよりはマシなのだ。ああ、下着も俺の母親の物を使っている。サイズがデカすぎてカボチャパンツ状態だがな。

「シロ。そっちー」

「とぉぉ！　うにゃぁぁ！」

「闇よ斬れ。闇刃」

二匹いたラージドウマは、シロの風刃爪とクロのダークネスショートソード（闇刃を纏わせた折れた剣、命名俺）で、瞬殺されていた。これで本日三匹目だ。夕飯の食材は確保できただろう。

それに、二人ともいい動きだった。もうこの程度の相手では問題なさそうだな。

シロはやや直線的ではあるが相当素早いし、クロの魔法発動は滑らかで美しい。

だが、俺は少し落胆してしまう。

「また、魔力総量は上がらなかったか」

昨日から、魔獣を倒したのに誰も体内魔力の総量が増えなくなっていた。この辺の雑魚魔獣の魔力ではもう増えないくらいに、俺たちの魔力が成長してしまったらしい。

二人がもっと魔法を連続使用できるようになったら、下水を出て活動を開始するつもりだったのだが……。このままではいつになるのか分からない。計画の繰り上げが必要そうだった。

とりあえずあと一日は様子を見よう。奴隷商人が、シロとクロのことを諦めているかどうかも分からないし。

「じゃあ、二人は部屋に帰って魔法の練習な？　俺は食材調達に行ってくる」

「はいです！」

「あいあい」

俺自身の行動範囲は、今までよりもだいぶ広くなっていた。下水の入り口から一時間近く歩いて移動することもある。

三人分の食料を手に入れるためには、結構広範囲を探索する必要があるのだ。

おかげで、カセナッツの原種以外にも新規食材をゲットできていた。

特にめぼしいものは、レモンモドキ、鳥の卵、シイタケモドキ、シメジモドキ、吸血蛇などだ。

吸血蛇はその恐ろしげな名前とは違い三〇センチくらいの小さい蛇で、魔獣ではない。牛などの家畜の背に咬《か》み付き、血を舐《な》めることからその名前になったらしい。

味は淡白で、多少の臭みを我慢すれば結構美味しかった。貴重な肉だしな。

それと、最大の発見はトウガラシモドキだろう。味や風味がトウガラシそっくりの木の実で、臭み取りに役立つ。

シロとクロは舌に合わないようで多量には使えないが、味の変化をつけるのに使用している。なにより、この世界に来て初めて見た香辛料なのだ。数が非常に少ないので、無駄遣いはしないように気を付けよう。

「でも塩がないんだよな」

俺の目下の目標は塩だった。海塩だろうが岩塩だろうが、何でも良い。塩味の食材でも良いのだ。塩味が欲しかった。

酸味はビネガーマッシュとレモンモドキ、辛みはトウガラシモドキ、甘みは最下級ポーション、苦みは草類でどうにかなるが、どうしても塩味が足りない。テントから持ち出した塩は残り少なかった。

料理魔法を使って血液から塩分を分離できないかと試行錯誤したが、これが非常に高難易度だった。できても、ほんの数粒の結晶を生み出すのに全魔力が必要なレベルだ。

狩りなどにも魔力を使わねばならない現状、これを続けることは難しい。

「どうすればいいかね」

可能性は二つだ。

一つは、塩味の食材を手に入れること。食材知識により、塩分を含むキノコであるソルトファンガスや、葉に塩が浮き出るという塩菜の名前が挙がるが、発見できるかどうかは不明だ。地域的には生えていてもおかしくないのだが。

「あとは……買うしかないんだよな」

当然の選択肢だ。商店で購入すれば早い。というか、普通はそうだ。

「でも、問題もいくつかある」

まずは、金。食材探しの最中に、何度か銅貨を拾っていたが、とても足りないだろう。とすると、何かを売ったりして金を作らないといけないんだが……。

売れるものはほとんど持っていなかった。

まずもっとも高価と思われるのは、天竜素材。貴重品らしいので、かなり高値が付くだろう。

しかし、こんな子供が持って行ったら、まず疑われる。

天竜が町を襲ったのはつい先日のことなので、その素材をちょろまかしたことはすぐにバレるだろう。普通の店なら買い取らないだろうし、買い取るような店なら俺をどうにかして奪おうと考えてもおかしくない。この案は却下だ。

もう一つは、カセナッツの原種から作る最下級ポーションだ。最下級とはいえ一応ポーション。多少の値はつくかもしれない。

しかし、それで塩が買えるかわからないし、俺が錬金術紛いのことができるとばれるかもしれない。これもやはり売却するのは危険だった。

それに、人の多いところに出て奴隷商人やゴロツキに襲われたら？　商店主が悪人で、奴隷商人とつながりがあるパターンだってある。

「まあ、悪い方に考え始めたらキリないんだけどさ……」

今の俺はシロとクロの命も預かる身。慎重過ぎるくらいでちょうどいいのだ。

「他に売れそうなものはないか……？」

食料はギリギリだから駄目だ。焼け焦げたテント、神様からの餞別《せんべつ》はやはり目立つ。

「あとは……ラージドウマの殻とか？」

そうだ。それがあった！

ラージドウマの殻は、駆け出し傭兵《ようへい》などが防具に使うこともあるらしい。場所によっては売れるかもしれない。それと魔石だ。ラージドウマとポイズンラットは最下級なので、魔石は小指の爪くらいしかないが、それでも魔石は魔石。買い取ってくれないだろうか？

子供が小遣い稼ぎに持って行ってもおかしくはないだろうし。ちなみに、ガブルルートは魔石が小さすぎて、どれなのかよく分からない。

「ただ、魔石を取り扱っている店となると、普通の店じゃだめかもな」

さすがに、食料品店で魔石は買ってくれないだろう。

「まずは、店探しからだな」

結局そこに戻るのだ。

◇◆◇

ザワザワ。

翌日。早速俺は町の雑踏の中にいた。

場所は、複数の露店が立ち並ぶ小さな広場だ。

目立ってないよな？　心なしか、皆の視線が俺に向いている気がするが、自意識過剰だろうか。

広場にいる人々の顔を見ると、妙にやつれている？　それに、以前の採取時に覗《のぞ》き見た時と違って、人々に会話もなく静かだった。明らかに雰囲気が荒《すさ》んでいる。

「よいしょっと」

それにしても、袋が邪魔だ。俺が背負っているのは、ラージドウマの殻と、魔石が入ったズダ袋だった。店で保存庫を使うわけにもいかないので、あらかじめ売却する物を出しておいたのだ。

「この広場に確か雑貨屋の看板があったはず」

雑貨屋なら、魔石なども買い取ってくれるかもしれない。そう考えた俺は、シロたちを住処《すみか》に残して雑貨屋を目指していた。

町の中心部に行けば商店街や繁華街もあるが、ゴロツキなども多いだろう。それに、先日の天竜騒ぎでどうなっているか分からない。

中心部ではかなり広範囲に火がばら撒《ま》かれたみたいだし、火災も発生していたようだ。店がやっているかも分からないのである。

なので、住処からも近く、人も少ないこの広場にやってきたのだった。

この広場は、エルンストの中では小さい方だ。その分、店の数も多くはないが、襲われる心配は少ないだろう。利用するのも、近所の人々だけだろうし。

そう思っていたのだが……。

「このコソドロめ！　またきたのか！」

「うわっ！」

ビュンという風切音とともに振り下ろされた木の棒を、俺は慌てて回避する。

ガシャン！

「ああ！」

振り下ろされた棒が、俺が落としてしまった袋に直撃した。嫌な音とともに、袋の口から砕けた魔石の欠片《かけら》が零れ落ちる。

ラージドウマの殻は硬いから大丈夫だと思うが、ヒビくらいは入っているかもしれない。

「この！　このっ！」

俺に向かって何度も振り下ろされる木の棒。石畳にガツガツと叩《たた》きつけられる棒の鈍い音が、非常に威圧的だ。

襲ってきたのは、ゴロツキや奴隷商の類《たぐ》いには見えない、普通のオッサンだった。

禿《は》げ上がった頭に、やや出っ張った腹。筋肉はあるようだが、その動きは素人くさい。

「いつもいつもふざけやがって！」

「ちょ、ちょっと！　待って！」

「このまま叩き殺してやる！」

攻撃は大振りなので問題なくかわせるが、目が血走ってて、めちゃくちゃ怖い。

いたいけな少年が、変な親父に襲われてるんだぞ？　誰か止めろよ。

俺は周囲の人たちを見回した。だが、助けてくれそうな人は誰もいない。

むしろ、冷ややかな顔で、俺を見ていた。中には親父を応援している人さえいる。完全にアウェーだった。

「この浮浪児どもめ！　いつもいつもパンを取れると思うな！」

「あんた、やめなよ！」

「うるさい！　はなせ！」

「まだ小さい子供じゃないか！」

「子供だろうが何だろうが、盗人はゆるさねぇ！」

「あんたも早く逃げな！」

男の妻らしき女性が止めてくれたが、男の興奮が収まる様子はない。人目があるから魔法で攻撃するわけにもいかないし。

俺は袋を諦めると、広場から逃げ出した。

「次見つけたらその頭叩き割ってやるからなっ！」

男の叫び声を背に、町中を駆け抜ける。ずっと心臓がどきどき言っているのだ。

ある程度走ったところで路地に逃げ込み、風の結界で気配を消す。しばらく身を潜めていたが、追ってくる様子はなかった。

落ち着いたら、後悔の念が湧き上がってくる。

「くそぅ。やっぱ危険な真似するんじゃなかった！」

ラージドウマの殻も魔石もたいして貴重なものではないし、直ぐに手に入るだろう。それでも、悔しさは消えない。もっと慎重に行動できたんじゃないのか？　あんな大勢に注目されてしまって、変に思われなかったか？

だが、すぐに俺は考えを切り替えることにした。

ウジウジしていたって、事態は変わらないのだ。だったら失ったことを嘆くよりも、いくつか得た情報を喜ぼう。これは決して負け惜しみではない。そう、負け惜しみではないのだ。なにせ、いろいろ収穫があったしね！

一つ目の情報としては、他にも浮浪児がいるらしいということ。しかも複数。

男の口ぶりだと、徒党を組んで盗みを行っているようだ。あの様子では、結構な被害が出ているのだろう。

出会ったら、縄張りとかいろいろ面倒そうだ。ただ、情報の交換などが可能かもしれないので、一概に避けるべきではないかもしれない。

もう一つの収穫は、俺の身体能力が結構高そうだと実感できたことだ。成人男性の攻撃を、難なく躱《かわ》すことができたのである。

神様が強い体を与えてくれた？　それとも、魔獣を狩って体内魔力を高めたおかげか？　もう少し成長すれば、ゴロツキ相手だったら問題なく逃げ切れるようになるかもしれない。少し強めの傭兵とかだったらやばいかもしれないが。

あと、大人を安易に頼るべきではないと分かったのも収穫と言えば収穫か？

元々治安が最悪だったうえ、今は竜のせいでさらに悪化している。以前以上に、人心が荒んでいるのだろう。

「はぁ、帰ろう……」

体力の消耗以上に、精神的に疲れた。早く帰ってシロとクロに癒やされたい。二人の尻尾と耳を思う存分モフろう。

そんなことを考えながら広場から少し離れた場所にある林を歩いていると、茂みの向こうから誰かの声が聞こえた気がした。

とっさに身を潜めると、林の奥から風体の悪い男たちが出てくる。明らかにカタギじゃないだろう。傭兵か、ゴロツキか、そんなところに違いない。

俺が言えた話ではないが、なんでこんな場所にいる？

「逃げたガキ、もうこの辺にはいないんじゃないか？」

「それか死んじまってるかだと思うが……。購入主が何が何でも絶対に探し出せってうるさいんだとよ」

「マジかよ。だるいな」

「ただでさえすばしっこい獣人のガキ二匹だからなぁ」

男たちの話を聞いて、ピンときた。最初は俺を追ってきたのかと思ったが、そうじゃない。

こいつらは、奴隷商人の配下だろう。なんと、まだシロクロを探していやがったのだ。

「いつまで探せばいいんだ？」

「さあ？　購入主が諦めるまでじゃねぇか？」

「適当に似た獣人を渡すんじゃダメなのか？」

「知らん」

どうやら、シロとクロを購入する予定だった相手が、いまだに執着しているらしい。これは普通に外に出るのは危険かもな。

そのまま男たちをやり過ごして歩き出すが、今度は兵士らしき男たちが藪《やぶ》をつついている光景に出くわした。

「逃げ出した獣人の奴隷を探せって……。俺たちの仕事か？」

「いいから仕事しろ。サボってたら牢屋《ろうや》送りだぞ」

「へいへい」

なんと、この兵士たちまで二人を探している？　つまり、購入者は兵士を動かせる身分の相手ってことだ。

領主やその配下の騎士、あとは御用商人とか？　ともかく、厄介なことになっているのは間違いなかった。

まあ、事前に知っていたって、シロとクロを見捨てる選択肢はなかったけどさ。下手に外に出さずに、住処《すみか》に置いてきてよかった。

これは、しばらく下水から出られそうにない。今まで以上に、下水の攻略を進めるしかないか……。

そんなことを考えていると、女性の悲鳴が聞こえた。

「きゃぁ！」

「ちっ！　邪魔なんだよ！」

シロとクロを発見できない腹いせなのか、兵士たちが女性を突き飛ばしていた。裾が擦り切れた地味な服を着た、全身に包帯を巻いている女性だ。

「あぁ……杖《つえ》、どこ……？」

兵士が去った後も起き上がろうとせず、何やら地面を手で探っている。どうやら目が見えていないらしい。

さすがに見捨てるのもな……。俺は兵士たちがわざと蹴っ飛ばして遠くに落ちてしまっていた杖を拾い上げると、そっと女性に声をかけた。

おっと、そういえば今は気配を消してたわ。驚かしてすまん。

「ひょぇ！」

「大丈夫ですか？」

「え？　え？」

女性が怯《おび》えた様子で俺を見つめる。

バッサリと短くしてある髪は汚れてしまっているが、元々は赤いんだろう。肌も埃塗《ほこりまみ》れだが、多分元々は黄色人種系かな？　二〇歳は超えていそうだった。

目が見えないのかと思ったら、完全な盲目ではないらしい。右目は完全に白濁して動いていないが、左目はわずかに動いているのだ。ただ、焦点が合ってない感じがある。左目の視力も、相当低いようだった。

「これ、杖」

「あ、ありがとうございます。よいしょっと」

杖を支えに起き上がった女性は、体を上手く支えられないのかフラフラだ。全身に包帯を巻いているし、怪我をしてるのか？　血の匂いはしないが、雑に巻かれた包帯の隙間から爛《ただ》れたような赤い皮膚が見え隠れしていた。全身に火傷《やけど》を負っているようだ。

地球ですら命の危険がある症状だが、魔法があるこっちの世界なら助かるのだろう。それでも、全回復には程遠いようだが。

さすがにこの状態の女性を放置して帰るのはな……。

「……送っていく」

「え？　悪いで――きゃぁ！」

杖に慣れていないのか、体重を支え切れず再びバランスを崩した女性の腕を咄嗟に摑んで支える。

「ほら、歩くのも大変そうじゃないか」

思わずシロとクロと話すような口調で声をかけてしまったが、女性は気にした様子はない。考えてみれば、浮浪児にしか見えない俺が敬語使うのも変だしな。このままでいこう。

「うぅ……すみません」

俺が子供だからなのか、女性は驚くほど警戒心を解いていた。あっさりと家の位置を俺に教えるし、歩きながら身の上を話す。

この女性、先日までは普通に暮らしていたらしい。

だが、その暮らしが一変してしまう。天竜の引き起こした火災に巻き込まれ、全身に酷《ひど》い火傷を負ってしまったのだ。

しかも、彼女の不幸はこれで終わらない。一命はとりとめたものの、強欲な神殿に治療費として財産の大半を巻き上げられ、家すら差し押さえられてしまったのである。

今は、知人が貸してくれたスラムのボロ小屋で寝起きしているらしい。

「それも、いつまで続くか分からないですけど」

「なんで？」

「今日、仕事を首になりましたので……。この目と手では仕方ありませんが」

「あ～……」

この体になってもなんとか職場には通っていたが、全く仕事ができなくなってしまった彼女はまさに今日解雇されてしまったそうだ。

女性――カロリナは本の写本を作る仕事をしていたという。

だが、今の彼女は目も微《かす》かにしか見えず、火傷で利き手も動かない。人権なんてないこの世界では、簡単に斬り捨てられる側の人間だった。

「この体じゃ、体を売ることも――あっと、なんでもありません」

「……そうか」

俺が子供であることを思い出して口を噤《つぐ》んだが、確かに今のカロリナが夜の蝶《ちょう》となることも難しいだろう。

「……はぁ。どうしてこうなっちゃったんですかねぇ。死んじゃった人たちよりはマシって思ってましたけど、これじゃぁ……」

どうしていいか分からない、どん詰まりの人間の顔だった。絶望というほど希望を捨てきれておらず、諦観というほど悟っているわけじゃない。

ただ、足掻《あが》いても無駄だということは分かってしまっている。

今のこの町には、彼女のような境遇の人間は珍しくないだろう。

無言のまま歩き続けた俺たちは、三〇分ほどかかってカロリナの家へとたどり着いた。スラムの中でも最も立地が悪い、ドブ川沿いのバラックだ。

中には寝床代わりの筵《むしろ》と、わずかな調理器具だけが置かれている。

「お出しできるものもないんですけど……」

「ああ、お構いなく」

この生活をしてる人から何か貰《もら》おうとは思えん。

ただ、少し考える。

この出会いを何とか有効活用できないか？　俺たちにも、彼女にも利点がある落としどころはないか？

あるのだ。どちらにも益がある選択が。

問題は、彼女が秘密を守れるかだが……。

まあ、魔石や素材を売ることに失敗した今、頼れるのはカロリナしかいないしな。ここは彼女に賭けてみるのもいいだろう。

短時間接しただけだが、悪人ではなさそうだし。

「なあ、その目や腕が多少でも良くなったら、また働けるのか？」

「それはもちろん。でも、無理ですよ。神官様に見てもらうにしても、ポーションを買うにしても、先立つものがありませんから」

床に座り込んで自嘲気味に笑う彼女は、本当に小さく見える。

そんなカロリナに対し、俺は無言で聖魔法を使用した。治るかもしれないなんて言って効果がなかったら、今度こそ絶望させてしまうかもしれないからな。

数秒ほど魔法を使っていると、カロリナが驚きの声を上げる。

「え？　目が……！」

「もしかして、見える？」

「す、少しだけですけど！　さ、さっきよりも確実に！　大神官様の魔法よりも効いてる気がします！　右目も、なんか明るいのわかります！」

さすがに俺の魔法が大神官以上ってのはあり得ないだろう。下級神官が大神官を騙《かた》って治療費を水増ししたか、貧乏人だから適当に済ませたのかのどちらかかね？

教会組織はかなり腐敗しているっていうし、どちらもあり得そうだ。

ただ、すぐに俺の魔力が残り少なくなってしまう。今まで使ってきた聖魔法とは、段違いに消費が重かった。酷い傷だしな。

これは魔力が足りなくなると悟った俺は、今日のところは回復箇所を限定することにした。

「……目と手を重点的に治した。完治はしてないけど、それなら仕事はできるか？」

「はい！　これなら！　ああ！　ありがとうございます！」

カロリナが跪《ひざまず》き、手を合わせながら叫んだ。

「待て待て、もっと声を抑えろ。俺のことがバレちゃうだろ？」

「あ、はい……」

カロリナが慌てて口を押さえる。聖魔法が使える子供なんて、善悪関係なく利用方法がいくらでもあるからね。

彼女も、俺が聖魔法を使えることがバレたらいろいろとマズいということは分かっているようだ。これなら、誰かにバラされる心配は低いかな？　まあ、フードを深くかぶっているし、顔は見られていない。目もまだまだ薄ぼんやりと見えているくらいだろうし、万が一があっても俺を特定することは難しいはずだ。

「……魔力が回復したら、また治療にくる」

「え？　またきてくれるんですか？」

「ああ、その代わりやってもらいたいことがある」

「……な、なんでしょう？」

カロリナがゴクリと唾を呑《の》み込む。対価として何を請求されるのか、想像して慄《おのの》いているようだ。

聖魔法による治療はお高いらしいしな。

「俺は目立ちたくない。だが、俺みたいな人間がヒッソリと暮らすのはかなり大変だ。あんたは金を稼げるようになったら、俺のために雑貨や食料を買ってきてもらう。稼いだ金を全部寄こせとは言わん」

できるだけ重々しく聞こえるように、告げる。得体《えたい》のしれなさを少しでも感じれば、裏切られる可能性が減るかもしれない。

「え？　それだけでいいんですか？」

「俺にとっては重要だ。あと、俺の存在が周囲にバレたらその時点で治療は終了だ。怪我を治したければ秘密は守れ」

「も、勿論《もちろん》です！」

「目は時間経過でよくなったとでも言っておけ。火傷は、しばらくは包帯を巻いたままにしておいて、少し時間が経ってからポーションを買ったとでも説明すればいい」

「は、はい！　分かりました。言われた通りにします」

カロリナは真剣な顔で何度も頷《うなず》く。

さて、これでわずかなりとも外との繋《つな》がりを得ることができた。塩以外にもいろいろ手に入るといいな。

◇◆◇

魔石や素材の売却に失敗してから数日。

俺たちは意を決して、下水道の奥へと足を踏み入れていた。

今までは住処《すみか》の近くだけで活動してきたんだが、下水の探索範囲をかなり伸ばす計画を立てたのだ。

なんせ、シロとクロがまだ追われているとなると、下水の外には出れんからな。それでも食料を豊富に手に入れようと思ったら、ここで探すしかない。

カロリナはまだ治療途中で、自分が生きるだけで必死だからね。

住処《すみか》の近くばかりで狩りをしていたら、獲物が減ってしまう恐れもあるし、今のうちに狩り場を探しておこうと考えたのだ。

風の魔法で匂いを抑えながら、下水道を進んでいく。

道中、ガブルルートを狩ることはできたが、収穫はそれだけだ。やはりこの場所だけで食料を賄うのは難しいよなぁ。

そう思っていたら、下水の奥で新しい生物を発見していた。

「わうー？　なんかいる」

「ちっこいです！」

「あれは、シックボールだ！　二人は絶対に近づくなよ」

「わかったです！」

「りょー」

俺たちが発見したのは、モゾモゾと蠢《うごめ》く灰色の毛玉だった。汚いモップみたいな外見だが、れっきとした魔獣だ。

その名前の通り、体内にさまざまな病気を持つ厄介な魔獣である。

戦闘力は低いものの、普通の傭兵は相手にすることはなかった。なんせ、体液が掛かっただけで病気になることがあるし、素材も碌《ろく》に取れない。

だが、俺たちにとっては狙い目の魔獣である。こいつはしっかりと浄化してやれば、食用になるのだ。

味は美味しくないらしいが、食えるなら十分だった。

魔術で仕留めた後、念入りに殺菌の魔法を掛け保存庫に放り込む。

可食部位はメチャクチャ少ないので、何匹も狩らないといけないがな。それに、シロとクロだけで狩らせるのも怖いのだ。

二人だけでシックボールと戦ったら、病にかかってしまうかもしれない。俺の聖魔法は食材の段階で殺菌はできても、体内に入った病原菌にどこまで効くか分からなかった。

やっぱり、食糧事情の大幅改善とはいかないな。

そうして何かないかと探しつつ歩いていると、シロが足を止めた。

「どうしたシロ？」

「うーんと、なんか変です？」

「変？」

「なんか変なのです！」

シロ自身もよく分かっていないらしい。不安げな顔で周囲を見回している。すると、今度はクロが鼻をヒクヒクと動かし始めた。

「わうー？」

「クロも何か感じるのか？」

「んー？」

異変を感じ取っているようだが、クロもやはり首を傾《かし》げてしまう。

しかし、これは何かあるだろう。

シロとクロは獣人だ。俺よりも感覚が鋭い可能性が高い。そんな二人が同時に異常を感じるなど、絶対に普通じゃないのだ。

俺も気持ちを落ち着け、周囲の気配を探ってみた。

すると、壁から微かに魔力が漏れ出しているではないか。

俺がその壁に近づくと、シロとクロも異変の大本に気付いたらしい。

「ここです！」

「ここー」

「変な感じです！」

「うん」

シロとクロはこの微量の魔力を感じ取っていたようだ。やはり、獣人は五感に相当優れているんだろう。

「二人とも、少し離れてろ」

俺はシロとクロを下がらせると、壁に向かって土魔法を使用した。

「む？」

家に出入りする時と違って、上手く壁が変形しない。

一定の部分まではいつも通りなんだが、最後の部分に効果がなかった。

どうやら古代遺跡の壁の向こうに、もう一枚壁があったらしい。この謎の壁が、魔法に対して抵抗してるっていうのかな？　俺の魔力が弾《はじ》かれているような感じがあった。

「なら、こうだ！」

さらに魔力を込め、土操の術を発動する。

すると、今度はちゃんと壁に干渉できた。

「これは……」

「おぉー」

「すごー」

シロもクロも驚いている。

子供が通り抜けられるサイズの穴が開き、その奥に空間が現れたのだ。

慎重に首だけを突っ込んで先を確認してみると、左右に空間が続いている。

「通路……？」

そこは、俺たちがねぐらにしている古代遺跡とは少し違う雰囲気だ。

石材の雰囲気などは似ているが、埃も少ないし、何より明るい。どこかに光源がある？　古代遺跡と違い、何かの息吹が感じられる気がした。

使用感があるというか、施設がまだ生きている感じがするのだ。

壁がなくなったことで、漏れ出す魔力がよく分かった。深い知識があるわけではないが、魔力が濃い方が魔獣が多いということは知っている。

なら、この奥なら魔獣がいるのではないか？　不思議なことに通路内は全体が薄ぼんやりと光っており、全くの闇ではない。

これならなんとか進めるだろう。

問題は魔獣の強さだ。

俺の魔術があるとはいえ、手に負えない魔獣が出現したら？　全滅確定だ。

だが、食料を得られる可能性は十分ある。

「……入って、奥を確認してみよう」

「はいです！」

「わかった。ごーごー」

「でも、命だいじにだ。慎重に慎重を重ねて進むぞ」

俺は意を決して穴を潜った。

「！」

何だ、今の？

俺の肌を何かが撫《な》でた？　空気？　気温が大きく変化したわけでもないし、風が吹いているわけでもない。だが、確実に何かが違っている。

まるで、あの穴から先が異界にでも繋がっているような……？

自分でもよく分からないけど、何故《なぜ》か鳥肌が立っているのだ。

シロとクロも同じ感覚があるらしい。

「うひっ！」

「ふわっ！」

同じように背筋を反らせて、鳥肌を立てているのだ。多分、濃い魔力の中に急に入ったせいなのだろう。

三人でキョロキョロと周囲を見回す。とりあえず、生物の気配はないようだった。

通路は左右に伸びているが、どっちに行こうか……。

「とりあえず、右へと行くぞ」

「わかったのです！」

「りょー」

先頭は俺が務め、二人は後ろを警戒してもらう。一歩一歩慎重に隠し通路を進んでいくと、その先は行き止まりになっていた。

いや、行き止まりというか、天井に大きな穴が開いている。上を見上げても、先が見通せないほどに長い穴だ。

もしかして、落とし穴的なものの落下地点？　それとも、縦穴を下りてようやくたどり着ける場所ってこと？

ともかく、こっちは進めない。

「一度戻ろう」

「はいです」

「うん」

引き返して今度は左へと進むと、その先には小さな部屋があった。直径一五メートルくらいの、うす暗い部屋だ。

「ここは――っ！　シロ！　クロ！」

「にゃう！」

「わふ！」

俺がそいつを発見したのとほぼ同時に、シロとクロも戦闘態勢を取っていた。下水で戦ってきた経験が生きてるな！

「ウガァァ！」

「獣……？　気を付けろ！　ポイズンビーストだ！」

部屋の隅で丸まっていたのは、大型犬ほどもある獣であった。入り口からは完全な死角になっていて、入るまでその存在に気付けなかったのだ。魔力が満ちているせいで、気配なども感じ取りにくくなっているらしい。

赤茶色の毛並みに、その上からでも分かる筋張った筋肉質の肉体。口から滴り落ちる紫色の液体は、全身の毛を濡《ぬ》らす液体と同じものだろう。

こいつは全身に毒を持つ魔獣、ポイズンビーストである。ポイズンラットよりも遥《はる》かに強力な毒を全身に持ち、危険度は段違いの相手だ。

俺なら解毒して食べることもできるが……。

「その前に、倒せるのかよ……！」

まず、勝てるかどうかが問題だった。

「ウゴォォ！」

立ち上がったポイズンビーストが、ゆっくりと動き出す。

その巨体が上げる低く重い唸《うな》り声に、子供の体が震えを抑えられない。超巨大な肉食の獣に、体が本能的な恐怖を覚えているのだ。

たかが大型犬サイズとはいえ、子供視点の俺たちにとっては凄まじい脅威であることに間違いはない。

「にゃぅ……」

「わう……」

シロもクロも耳をペタリと寝かせ、完全に怯えた表情だ。俺と同じように、その体を震わせている。恐怖で身が竦《すく》んでしまっているんだろう。

「ガガァァゥ」

牙をむき出しにするポイズンビーストの目は、確実に俺たちを捉えている。

気圧される様子から与《くみ》しやすい獲物として認識されたのか、その顔にニタリとした笑みが浮かんだ気がした。

ポイズンビーストの放つ魔力は、今まで戦ったどんな魔獣よりも強力だ。俺の知識では毒にさえ気を付ければさほど強くはないとなっているが、俺たちにしたら強敵だろう。

倒せば大量の肉をゲットできるだろうが、死んでは意味がない。

ここから、逃げられるか？

チラリと背後を確認したのが悪かったのだろうか？　目線を逸《そ》らしたその瞬間、ポイズンビーストが弾けるように飛び出してきた。

「ウゴオォォ！」

ダメだ！　俺たちよりも奴の方が圧倒的に速い！

一瞬で目の前に迫っていた赤茶色の怪物を目にして、俺は自分でも驚くほど一瞬で魔法を発動していた。

「壁よ！」

何か明確な意図があったわけじゃない。咄嗟《とっさ》に使ってしまっただけだ。

土壁が一瞬でせり上がり、間一髪魔獣を受け止める。しかし、何とか突進の威力を削《そ》いだものの、一撃で砕かれてしまった。

壁の出来がいまいちだったのだ。失敗したわけじゃないぞ？　いや、失敗したんだけど俺が悪いんじゃなくて、ここの地面や壁が変なのである。

妙に魔力の通りが悪いというか、土魔法に対する抵抗力が高かった。入り口の壁と全く同じだ。

もしかして、魔力が高いものは操作しづらいのか？

ともかく、狙いよりも遥かに薄い土壁しか生み出すことはできず、ポイズンビーストの体当たりで崩されてしまった。

「ガウガァ！」

目の前に、巨大な口がある。吐息の生臭さが感じられる距離だ。牙がほんの数十センチ先に見えている。黄ばんだ牙を濡《ぬ》らす紫色の液体からは、鼻を刺すような刺激臭がしている。

怪物の放つ威圧感に、焦《あせ》りと恐怖心が書き立てられた。逃げたい。逃げてしまいたい。

だが、俺は逃げない。

背中に、二つの熱を感じるからだ。俺に寄り添うように立ちすくむ、少女たち。俺は、この二人を守らねばならい。

だから、俺は自分を鼓舞して、叫んだ。

「や、やるぞ！」

「うにゃー！」

「わおーん！」

俺の声に反応し、シロとクロが弾けるように動き出した。

二人揃《そろ》って少し右にズレて俺に当たらないように射線を外すと、訓練で身に付けた魔術を放つ。

「闇よ斬れ。闇刃」

「風よ！　刃となって敵を断て！　風刃！」

俺の想像以上に二人の動きは速く、滑らかだった。即座に詠唱を行い、全く危なげなく魔法を発動して見せたのだ。

恐怖していないわけがないのに、訓練通りの動きができるとは……！　凄《すご》いぞ二人とも！

シロとクロが放った魔法が、ポイズンビーストの横っ腹に直撃する。

「ギョオォォン！」

「やったです！」

「やた」

「まだだ！」

ポイズンビーストの毛皮が切り裂かれて血が噴き出すが、倒せてはいなかった。

シロとクロはこれまでほぼ一撃で魔獣を倒せていたので、今回も倒せたと思ってしまったのだろう。

だがこのポイズンビーストは、強さも大きさも今まで戦ってきた魔獣の比ではないのだ。あの程度の傷では足止めにもなっていない。

「ガアアァァ！」

喜んで足を止めてしまった二人に、憎々し気な表情を浮かべた赤黒い巨体が飛びかかる。

「ひゃぅ！」

「ひう」

迫りくる巨体に竦《すく》み上がり、二人の動きが止まってしまった。

マズい！

俺は倒れ込むように二人の前に飛び出しながら、魔法を連打した。無詠唱なのでヘロヘロだが、至近距離ならこれでも当たるだろ！

「うおぉぉぉぉぉ！」

「グガァァ！」

俺が放った数本の水針がポイズンビーストの顔面に突き刺さり、両眼球や口内を貫く。だが、勢いがついた巨体がそれだけで止まるわけもなく、俺はポイズンビーストともつれあいながら地面に投げ出された。

「ガァ……！」

「ぐ……」

背中から床に叩きつけられ、息が詰まる。

俺の上にのしかかるポイズンビーストの体が、ビクンビクンと震えているのが伝わってきた。まだ死んでないのか？

とどめを刺さなくては……。

しかし、全身が痺《しび》れていて、上手く動かない。ポイズンビーストの体表の毒のせいか？　触れた直後にここまで効果が出るとは！

これは、本格的にヤバイ。ドンドン麻痺《まひ》が広がり、より体の動きが制限されてきた気がする。

すると、そこにシロとクロが突っ込んできた。

「うにゃぁぁ！　トールからはなれろぉ！」

「わうー！　トールゥ！」

錯乱状態で魔法を使いまくる。その度にポイズンビーストの体から血が舞い、その体が大きく震えた。

一部が頭部に当たり、深い傷から脳漿《のうしょう》が零れ落ちる。

ちょ、俺の顔にかかってるんだけど！　でも、もう声も出ないのだ。

そして、ポイズンビーストが完全に動かなくなった。料理魔法により、食材に見える。

ようやく死んだらしい。

俺は何とか発動した保存庫に収納して、その巨体を消し去る。俺の体を押さえつけていた重みが、ようやく消えてくれた。

「トール！　だいじょぶ⁉」

「トール、ぶじ？」

「あ、ぇぁ……」

血や体液が大量にかかったせいだろう。声を出すどころか、呼吸が苦しくなってきた。

俺は自身に解毒の術を使用した。何度か使うと、痺《しび》れが消えていく。それからさらに解毒を使っていくと、麻痺《まひ》がほぼ消え去っていた。

無詠唱を練習しておいてよかった……。あのままだったら、呼吸不全で窒息していたかもしれん。

ただ、麻痺は消えたのに倦怠感は残るな。

体力と魔力を消耗したせいだろう。

「もう、大丈夫だ……」

「うわーん！　よかったですぅぅぅ！」

「トールゥゥゥゥ！」

「ま、まて！　抱き着くな！　いぎぃ！」

シロトクロに伸《の》し掛かられた瞬間、凄まじい激痛が俺を襲った。

どっかの骨が折れているらしい。あ、あばらかな？

しかも、俺の制止も聞かずに跳びかかってきた二人が、そのまま麻痺状態になってしまう。なんせ、俺にも周囲にも、ポイズンビーストの血が大量に飛び散っているからな。

「あ、あえ……？　くちへんれす……」

「あうー？　へん」

「お前ら……。ちょっと、待て」

とりあえず解毒を使って、二人を回復してやる。周囲の血にも解毒をかけておこう。

その後、自分の傷を治しつつポーションを取り出して飲んでいると、部屋の中央が光り輝くのが見えた。また敵か？

むしろ、無生物？

倦怠感を押して身構えるが、光の中から現れたのは魔獣ではなかった。

「はこです」

「はこ？」

そう、出現したのは三つの木製の箱であった。遠目からでも装飾が施され、ちょっと豪華な感じなのが分かる。

これによって、この部屋が何なのかハッキリとした。

「ここ、迷宮だったのか！」

「めーきゅー？」

「迷宮ってなんです？」

シロとクロは迷宮という言葉を知らないらしく、揃って首を傾げている。

「なんていうか、不思議な場所だな」

「？」

「？」

そうだよな。それだけじゃ分からんよな。

でも、俺も詳しいわけじゃないのだ。

迷宮というのは、外の世界とは違う理《ことわり》が支配する、謎の存在らしい。魔獣が湧き、誰が置いたのか分からない宝箱が出現し、霊草などが採取できる場合もある。

神の試練だという者もいれば、悪魔が人を誘う穴なのだという者もいるそうだ。まあ、両親の会話を盗み聞いただけだが。

重要なことは、迷宮には魔獣が湧き出るってことだろう。

ゲームみたいに、倒した魔獣が消滅することもない。ポイズンビーストの死体は保存庫に入れられたしな。

つまり、魔獣に勝利できれば肉が手に入る。

「帰ったら説明してやるから、とりあえずその宝箱を開けてみよう。でも魔法を使い過ぎて、もう魔力も――あれ？」

どういうことだ？　魔力にはまだ余裕があるぞ？　体感、最大時の二割くらいはありそうだ。

でも、なんで？　あんだけ魔法を使いまくったのだ。魔力欠乏になっていないだけでもラッキーなはずなのに……。

いや、もしかしてポイズンビーストを倒したからか？　あいつの魔力を吸収したことで、一気に体内魔力が増えた？

それしか考えられん。相当強い魔獣だったのかもしれないな。

確か、宝箱が出現するのはボスみたいな特殊な敵を倒した場合だけらしいし。

毒のまわりが異常に早かったのも、特別なボス個体だったからと考えれば合点がいくのだ。

「トール？」

「どしたのー？」

「あ、いや。なんでもない。俺が魔力の腕で宝箱を開くから、二人は少し離れてろ」

罠《わな》が仕掛けられている可能性もあるし、ミミック的な敵の場合も考えられるからな。

「それじゃ、オープン！」

「オープンです！」

「プン」

罠対策に風の壁を張りつつ、五メートルほどの長さの魔力腕で宝箱の蓋を掴《つか》む。鍵などはないらしく、蓋はあっさりと持ち上がった。

ガチャリという重々しい音が聞こえ、蓋が開く。同時に、ポンという破裂音と共に、宝箱の中から火が噴き上がっていた。

宝箱を覆っていた風の結界があっさりと吹き飛ばされ、俺たちのところまで熱が届く。

思ったよりもえげつない罠が仕掛けられていた！

下手に開けていたら火達磨《だるま》になっていただろう。

三つ全てを離れた場所から開けると、少し待ってから俺たちは静かに宝箱へと近づいた。

空気が焼け焦げた臭いが微かに感じられる。

ただ、宝箱の中に影響はなかったようで、入っている物が綺麗《きれい》な状態で灰を被った様子もない。

「えーっと、服か？」

「こっちも服！」

「杖ー」

戦利品は、布系の装備が二着に、三〇センチくらいの短杖が一つだった。

杖はともかく、服は身に着けられるサイズじゃないな。完全に大人サイズなのだ。

いや、確か迷宮の装備品には、身に着ける人間によってサイズが変更される機能が付いてるんだっけ？　それとも、上級装備品だけだったか？

ともかく、持ち帰ってから試してみよう。持ち上げると、宝箱に入っているのはワイシャツにズボンなどだ。もう片方は、完全にメイド服である。

なんでメイド服？　ああ、とするとこっちは、男性用の使用人服か。やっぱりなんで？

杖は普通に魔法使い用の装備だろうが、服二着は意味が分からんな。

その後俺たちは、疲労困憊《こんぱい》の体を引きずりながら住処へと戻った。道中で魔獣に会わなかったのは本当にラッキーだったのだ。今の俺たちでは、ポイズンラットでも危険かもしれんし。

因みに、宝箱自体は保存庫にしまえなかった。戦利品を取り出すと、光の粒になって消えてしまったのだ。迷宮の不思議機能なんだろう。

「ふぃー、戻ってこれたな」

「ちゅかれたのですー」

「疲れた」

二人はヘナヘナと崩れ落ち、その場で仰向けに寝転がる。緊張の糸が切れて、立っていられなくなったのだろう。

「お疲れ。少し寝てていいぞ。料理作ってやるから」

「ありがとうですー」

「ありー」

俺も疲れているが、それ以上に腹が減っているのだ。

早速、手に入れたばかりのポイズンビーストの肉を使うことにした。猛毒を秘めたヤバい肉だが、保存庫のおかげで完全に解体できている。

肉だけを取り出して聖魔法で解毒すれば、完全に食用肉に変化した。

ああ、まな板にも解毒と殺菌をかけておこう。

「何を作るかね……」

本当はシチューが合うらしいんだけど、材料が全くない。ただ、焼くよりは煮込む方がいいってことだろう。まずはポイズンビーストの骨で出汁を取ることにした。

取り出した骨を石で作った鎚《つち》で割り、髄液が出やすいようにしてから鍋に敷き詰める。そこに魔法で水を注いだら、魔法で一気に加熱した。

本当は時間をかけた方が美味しいけど、今は早く食事がしたいのだ。火魔法の加熱、水魔法の濃縮を利用して、出た灰汁を取れば五分ほどで出汁が完成する。

そこにノビルモドキやセリモドキ、シメジモドキを加えて、切った肉を投入、ある程度煮込んだ後に塩とビネガーマッシュの汁で味を調えたら完成だ。

〈『変異毒獣と野草のスープ、穴蔵風』、魔法効果：生命力回復・小、魔力回復・小、生命力強化・極小、魔力強化・小が完成しました〉

魔力強化っていう効果は初めて見た。まあ、生命力強化を実感できたことはないし、これもどこまで効果あるのか分からんけど。

それに、変異毒獣？　つまり、あのポイズンビーストは変異してた？　迷宮の中には魔力のせいで変異した、強化個体が出るって話だったが……。

俺たちが戦った相手は、その変異個体だったらしい。

そりゃあ、強くて当たり前だ。

むしろ、よく勝てたな……。

多分、肉体面の強化ではなく、毒の性能がアップしてたんだろう。聖魔法を使える俺たちにとっては幸運だったのだ。魔法が効かないような個体だったら、完全に詰んでいた。

そんなことを考えていたら。部屋の入り口からグーっという可愛いらしい音が聞こえた。振り返ると、調理場の入り口から二つの顔がのぞいている。

「トールー……」

「おなかへりへりー」

「はいはい。今丁度《ちょうど》できたところだよ」

「やったです！」

「やた」

この二人に満足な食事を食わせてやるためには、やはり迷宮で魔獣を狩らなきゃダメだ。あの変異ポイズンビーストがまた出るかは分からんが、最大限警戒しながら今後も迷宮に入ろう。

「ほらほら、どいたどいた」

「あいです！」

「ほいー」

調理場の入り口をふさぐ二人をどかして、俺はテーブルの前へと移動した。ああ、スープの入った器を慎重に運ぶなんて真似はしないよ？　この体じゃこぼすかもしれんし。

スープを注いだ器を保存庫にしまい、移動して取り出せば配膳完了なのだ。

「いただきます」

「「いただきます！」」

二人は気もそぞろに手をパンパンと合わせると、器に頭を突っ込む勢いでスープをかっ込み始めた。

「うにゃぅ！」

「わう！」

「声が出ちゃうくらい美味しいか？」

俺もポイズンビーストのスープを食べてみる。すると、魔力がわずかに回復した感覚があった。少し食べただけで、気付くほどに回復したっていうのか？　マジ？　これ、凄いんじゃないか？

しかも、全身に残っていた打撲や、脇腹の鈍い痛みが綺麗《きれい》に消えた。生命力回復の効果なんだろう。最下級ポーションなんて比ではない回復力だ。

スープに付いている魔法効果は、魔力回復・小だった。

小でこれって……。中や大だったら、どうなってしまうんだ？　小以上を見たことはないけど、微、極小、小、中、大、極大、究極の七段階に分かれるらしい。究極とか、人間を辞めちゃうんじゃないかね？

まあ、小以上が付きそうな食材をゲットするには、もっと高位の魔獣と戦わなきゃいけないってことで、今の俺たちには自殺行為だけどね！

それに、ポイズンビーストの肉は、まだ五、六食分はある。かなり骨が太くて期待していたほど肉は取れなかったが、それでも結構な量だ。

当面はこれで満足しておこう。

しかも、変異個体だからなのか、このポイズンビーストの肉は非常に美味しい。この世界に転生してから食べた物の中で、一番美味しかった。味付け自体は塩と酢だけだが、出汁が非常に濃厚なのだ。

骨は余るほどあるし、これの出汁を使うだけでも料理が一段美味しくなるだろう。いやー、良い獲物をゲットできたな！

シロとクロもこのスープを気に入ってくれたらしい。

会話も忘れてひたすらスープをかき込んでいた。消耗した体が、回復効果のあるスープを求めているのもあるんだろう。

「がふがふ！」

「もぐもぐ！」

このスープは誰にも渡さんという強い意志を感じる。作った甲斐があるね。

ただ、がっつき過ぎじゃね？

「よく噛んで食えよー」

「がふがふがふがふ！」

「もぐもぐもぐもぐ！」

結局二人は三分ほどで肉大盛りのスープを平らげたのであった。

「しゃーわせー」

「まんぷくー」

床に寝転がる二人のお腹は超ポンポコリン状態だ。ちょっと怖いくらいに真ん丸である。つついたら破裂しそうだ。だ、だいじょうぶなの？　食べ過ぎじゃない？

「こんなおいしーの初めて食べたです！」

「生まれて初めてのこーふく」

考えてみたら、シロもクロも幼くして奴隷にされている。本当に、まともな食事をした記憶すらないのかもしれない。

「……うぐぅ」

「トール？　泣いてる？」

「どしたのー？」

「なんでもない！　なんでもないぞ！　目からなんか水が出ちゃっただけだ！　こ、これからも美味しいものをたくさん食わせてやるからな！」

「わーい！」

「やふー」

毎回腹パンパンになるまで食ってえーんやで！　おっちゃんがたらふく食わせたるからなぁ！

やはり迷宮で魔獣肉を手に入れねば。それに、野草などが生えているとも聞いたこともあるし、宝箱などから素材や食材が手に入る可能性だってある。

「あ、宝箱！」

そう言えば、服を手に入れていたんだった。

俺は保存庫からメイド服を取り出してみた。いわゆる正統派のメイド服ではなく、ミニスカでフリフリな肩出しファンタジーメイドさんである。それでいて清楚《せいそ》さも感じさせた。なんだこの俺の趣味にぶっ刺さるメイド服は！　けしからん！

でも、これを着用できるなら、非常にありがたいのだ。

「シロ、クロ。これ、着れるかどうか試してみてくれないか？」

「服です？」

「ひらひら」

「動きづらそうです……」

「じゃ、クロきるー」

シロはスカートが嫌であるらしい。逆にクロは目を輝かせているな。女子力対決はクロに軍配が上がったか。

「これを着てみてくれ。まずはスカートだ」

「らじゃ」

今着ているブラウスの下に、白いスカートを穿《は》くクロ。すると、スカートのサイズが急に縮んだではないか。クロの細い腰にもジャストフィットである。

「おー、ちーさくなった」

「すごいです！」

その後クロが脱いでみると、スカートは元のサイズへと戻った。サイズ調節機能がしっかりと働いているようだ。

サイズ調整機能が付いているってことは、魔法具ってことである。まさか、あんな入り口付近でこんないい装備が手に入るとは……。

いや、サイズ調整機能が付いているだけの普通の服って可能性もある。むしろ、その可能性が高いだろう。ただ、俺たちにとっては十分だ。

そもそもまともな服持ってなかったわけだし。

もっと詳しい性能が知りたいけど、鑑定みたいな便利な能力はないんだよね。俺が食材や素材の情報を理解できるのは、あくまでも脳内にインプットされた知識と、料理魔法の合わせ技だし。

その後、ブラウス、エプロン、ニーハイ、パンプス、手袋と装備していくと、全てしっかりとサイズ調整が行われた。

全体的に白黒のツートンカラーで統一され、非常に可愛らしいメイドさんの完成だ。

「おー、可愛いぞクロ！」

「わふー」

クロがドヤ顔でクルリと回って、可愛くポージングを決める。フサフサの尻尾がフリフリと揺れ、完璧だ。

俺が可愛い可愛いとクロを褒めていると、シロが指を咥《くわ》えながら羨《うらや》ましそうにクロを見ていた。

「いーなーです」

スカートは嫌でも、クロが可愛くなったことが羨ましくもあるらしい。俺が褒めていたから、余計にそう感じたんだろう。

うーむ、もう一つの服はシロに着せるか。ズボンだから俺も身に着けられそうだけど、二人を差別するのはよくないと思うし。

「じゃあ、シロはこっちを着てみようか？」

「にゃう！　わかったです！」

ベルトの着用に少し手間取ったが、シロもなんとか着替えを済ませる。こちらもしっかりとサイズ調整が利いてくれたので、シロにジャストフィットだ。

黒い半ズボンに白いシャツ。白手袋に黒いクロスタイ。サスペンダーに革靴という、見習い執事風のスタイルである。

でも、片方が短いアシンメトリーな灰色のニーハイは、明らかに女性向けだよな？　執事だけど女性向け？

ともかく、シロに非常に似合っている。

「シロも可愛いぞ」

「にゃう！」

「動きはどうだ？」

「動きやすいです！」

「問題なーし」

戦闘も可能であるらしい。

俺だけ代わり映えのしない黒い服だが、杖を貰ったし今回はこれでいいだろう。

軽く魔法を使ってみると、ほんの少しだけ使いやすいかな？　まあ、ないよりはマシだ。迷宮序盤で手に入るお宝なんて、こんなものだろう。

「シロ、クロ。俺はこれからも迷宮に潜るつもりだ。お前たちはどうする？」

正直、相当怖い思いをしただろう。迷宮が嫌だというなら、留守番でも構わないと思っている。

今回の戦いで分かったが、迷宮は命懸けだ。シロとクロの魔法があれば本当にありがたいが、それ以上に二人に無理をしてほしくはない。

しかし、シロもクロも即座に首を振った。

「いくです！」

「いく！」

「次こそは、勝つのですよ！」

「いちげきひっとー」

その顔に恐怖心は微塵《みじん》もなく、やる気が満ちているように思える。どうやら油断して負けかけたことは悔しくはあっても、恐怖心に繋がってはいないらしい。

す、すごいな二人とも。子供の頃の俺だったら、絶対にここで待つって言ってると思うぞ？

この世界の住人だからか？　それとも、獣人だから？

ともかく、二人がやるというなら問題ない。むしろ、やる気があり過ぎて空回りしてしまうんじゃないかが心配だった。

「やってやるのです！」

「うおー」

マジで、無茶しないように注意しおかないと……。

◇◇◆◇◇

Ｓｉｄｅ　カロリナ

「雑貨屋はこっちでしたっけ……？」

謎の少年に目を治療してもらった翌日。

私は元職場へと足を運び、なんとか解雇を撤回してもらいました。

まだ目はあまり見えないけど、腕が動いて字が書ければなんとか写本はできますから。普段だったら、きっと取り合ってもらえなかったでしょう。怒鳴りつけられて、追い出されていたかもしれません。

でも、今は緊急事態。火災のせいで本がたくさん焼けてしまい、書写士が一人でも多く必要です。神殿の本などは、少しでも早く作らないといけませんし。きっと、工房長は急げと催促されているはずなのです。

そのおかげか、なんとか雇い続けてもらえたのでした。

まだ杖は必要ですけど、次にあの少年に癒やしてもらえば普通に歩けるようになるかもしれません。

一体何者――いえ、私なんかが知らない方がいいです。きっと、普通のお方じゃありませんから。

たまたま町に来ていたという大神官様が聖魔法を使ってくださったのですが、私の目は治せないと言われました。

目を焼いたのが魔力の籠《こも》った炎だったせいで、治療がしづらいらしいです。

もっと強い魔法なら治せると言われましたが、私が奴隷になったとしても払えるような金額じゃありませんでした。

それが、一回の治療で少しだけでも改善したんですよ？

凄い効果です。

子供に見えましたが、喋《しゃべ》り方といい聖魔法の実力といい、絶対に普通の存在ではありません。

最初は天使様か精霊様かと思いましたけど、身分を隠したエルフの方にも思えます。まあ、どのような素性の方でも、私にとっては救世主。たとえ悪魔であったとしても構いません。

それに、本当に天使様なのかもしれません。あんな凄い治療を施されたのに、対価がわずかな食料や雑貨だなんて……。ありえないでしょう？

話し方は少しぶっきらぼうで、天使様っぽくありませんでしたけど。

ともかく、あの方のことは拷問されたって他人に話すつもりはないですし、頼まれたことには全力でお応えする所存です。

まずはしっかりとお金を稼いで、天使さんが所望されている塩などを購入せねば。

そんなことを考えながら道を歩いていたら、前から兵士が歩いてきました。

突き飛ばされた時のことを思い出し、身構えてしまいます。でも、兵士たちは私に何かすることもなく、少し手前で立ち止まりました。

そこは、薬草なんかを売っているお店です。今は薬草が品不足だから、とても高くなっています。そのせいで、私は薬草も買えなかったのですから。

案の定、兵士たちがお店のお婆《ばあ》さん相手に値切り交渉を始めるのが聞こえてきました。私はその近くにさりげなく立ち止まり、彼らの会話に聞き耳を立てます。

天使さんはヒッソリ暮らしたいと言っていました。どこに住んでいるのかは知らないけれど、普通に出歩けないのかも？

だったら、町の情報なんかを集めていけば喜んでもらえるかもしれません。

「上物の毒消しをその値段って、ふざけてんのかい？　三倍は出しな」

「どうしても毒消しが必要なんだよ！」

「生肉でも食って腹下したのかい？」

「ちげーよ！　だったら安いやつで十分だろうが」

高い毒消しって、何があったんでしょう？　あれって、強い魔獣の毒とかに使う薬でしたよね？

スラムなんかにいるポイズンラットくらいでしたら、安い薬で十分ですし。

「ポイズンビーストの変異個体が出たんだよ！　そいつ一匹に騎士が三人、兵士が六人殺られたんだ。しかも、毒をちょっと浴びちまって動けないやつが一〇人だ。普通の毒消しじゃあ、症状を弱めることしかできなかった」

「はぁ？　魔獣一匹だけなんだろ？」

それは私も疑問に思いました。ですが、兵士は必死に理由を語ります。

「変異個体なんて、普通は騎士一〇人が犠牲を出しながら倒すような相手だぞ？　死者出さずに戦おうと思ったら、盾と矢を準備して二〇人掛かりで戦わなきゃならん相手だ」

「なんでまたそんな魔獣に？　あの強欲領主が迷宮探索でもさせたのかい？」

お婆さんの不敬罪になってもおかしくない言葉にも、兵士は怒った様子もなく力がない声で言い返します。それだけ余裕がないんでしょう。

「迷宮から外に出てきたんだ……」

「……迷宮から、魔獣が出てきたって？」

「ああ。あの竜が暴れた日から、たまに魔獣が出てくるようになってよ。しかも今まで確認されていなかったような、深い層の魔獣がな！　普通の傭兵どもがたどり着けてないような、ヤバい場所にしかいないはずなんだ」

「そ、そんなの……大丈夫なのかい？」

薬屋のお婆さんが、上ずった声で驚く。私も、そんな話聞いたことありませんでしたが、迷宮が育つとたまにある話だそうです。

魔獣が外に出てくるようになったり、異界から人間界側へと浸蝕《しんしょく》が始まって出入り口が増えたり、さまざまな異変があるのだとか。

「しかもその後、スライムの上位種……アシッドってやつに四人も殺された……。毒消しがなけりゃ。人手が足りなくなる！」

「どっちにしたって、一〇人分もないよ」

「あるだけで構わねぇから！」

騎士や兵士をあっさり殺してしまうような魔獣が住んでるなんて、やっぱり迷宮は恐ろしいところです。これからこの町はどうなってしまうんでしょう……。

「でも、なんか強い騎士がいるって話じゃないか？　そいつがいれば何とかなるんじゃないかい？あの竜とも戦ったってんだろ？」

「……無理だよ。あの人、普段は何もしねぇから」

「どういうことだい？　騎士なんだろ？」

「そのまんまの意味だよ。普段は与えられた部屋でダラダラしてるか、巡回に付いてきてもただ突っ立てるだけなんだ。あの人が実は強かっただなんて、俺たちも初めて知ったよ」

昔はすごく有名だった騎士が、領主の食客になっているようです。でも、ろくに仕事もしないから評判は最悪みたいですね。

ただ、あの怪物——竜を相手に傭兵たちと一緒に戦って、手を切り落としたのがその騎士なんだとか。

そんなことができる騎士がこんな町にいたなんて知りませんでした。

「子供嫌いって話も聞いたが、どうなんだい？」

「ああ、それもなぁ……。逃げた獣人のガキどもを見つけたって聞いて、スラムに行ったんだ。でも全然違っててよ。普段だったら放置なんだが……」

いつもは何もしないその騎士が、スラムの子供を痛めつけて笑っていたそうです。恐ろしい。

天使さんは大丈夫なんでしょうか？　次お会いした時にこのお話を伝えた方がいいかもしれません。

◇◇◆◇◇

ポイズンビーストを命からがら倒した次の日、俺たちは早速迷宮を訪れていた。

昨日と同じ場所に穴を開け、相変わらずの濃い魔力を肌で感じながら奥へと進む。

昨日死にかけたばかりだっていうのに、体は非常に壮快だ。むしろ絶好調で、体のキレがいい気がする。ポイズンビーストから魔力を吸収した成果だろうか？

それはシロもクロも同じであるようで、その歩みは非常に軽快だった。

「ふふーん」

「わうー」

迷宮で鼻歌交じりである。

これは、マジで大丈夫か？　空回りして、変なことにならんといいが……。でも、ここで口煩《うるさ》く言うのが正解なのか？　せっかくのやる気を削《そ》ぐことにならんか？

悩んだ結果、軽く注意を促すことにした。

「昨日の部屋までもう少しだ。いいな？」

「にゃう！」

「わふ！」

キリッとした顔で、頷き返してくれるシロクロ。

「魔獣は、いるか……？」

迷宮において、魔獣というのは湧き出すようにいつの間にか出現する存在であるらしい。倒した魔獣は最短で数時間で復活するし、場合によっては全く違う魔獣が出現するようになったりもするんだとか。

帰還が遅れたせいで倒した魔獣が復活して死にかけたみたいな話を、両親がしていたのだ。

迷宮に潜る傭兵はさほど多くはなく、他の人間が上手く倒してくれるみたいなことも期待薄であるらしい。

そもそもこの町の迷宮は非常に広く、構造も複雑だ。ルートが幾つもあり、他の傭兵が攻略を進めるルートはあまり人気がなく、基本は自分で開拓したルートを進むものであるらしい。

俺たちにとっては、迷宮内で傭兵に出くわす危険性が低いって事でもあるから、悪い話ではないが。

「魔法の準備はいいな？」

「はいです！」

「わう！」

シロとクロは緊張を隠し切れない様子で、どこか不安げだ。さっきまでの鼻歌は恐怖をごまかすための虚勢だったのかもしれない。

ただ、ここで帰っていいと優しく問いかける余裕は俺にはなかった。

今の俺は、二人と同じ表情をしているだろう。

死にかけたという事実は、想像よりも俺の心に強い影を落としていたらしい。指先が軽く震えるのが分かる。

しかし、俺がこんなところで怖がっているなんて、許されない。

俺は震えている指で自分の顔をグニグニと揉《も》むと、笑顔を作った。引きつっているかもしれないが、今は無理にでも余裕ぶることが重要だ。

俺が怖がっていたら、二人もさらに不安になるのは当然だからな。

「それじゃあ、いくぞ」

「うん！」

「りょー」

俺たちは警戒しながら、ポイズンビーストと死闘を繰り広げた部屋へと足を踏み入れる。そして、昨日の失敗を繰り返さぬように、部屋をしっかりと見回した。

「いた！」

昨日、ポイズンビーストがいた場所に、今日もまた魔獣が潜んでいた。薄暗い部屋の隅に、獣がうずくまっている。

「にゃう！」

「とりゃー」

シロは種族的に夜目が利くようだし、クロは暗視を可能にする術を覚えている。そのため、魔力を感知できる俺とほぼ同時のタイミングで敵を発見できたらしい。

姿を捉えた俺たちは、即座に攻撃に移る。

三人で次々と魔術を放つこと十数秒。

部屋の隅に蹲《うずくま》っていた影は、その場から動くことなく呼吸を止めていた。

「はぁはぁ……」

「やったです！」

「しょーり」

警戒しながら近づくと、料理魔法がその獣を食材と見なして情報を与えてくれる。間違いなく死んでいた。

今日もポイズンビーストだ。しかし、その大きさは昨日戦った個体の半分ほどでしかなく、毛の色も灰色だ。

保存庫にしまうと、ポイズンビーストの肉や骨に仕分けされる。どうやら、変異していない普通のポイズンビーストだったらしい。

これ、変異個体と見分けつかなくなりそうだな……。

そんなことを考えていたら、脳内に浮かび上がる保存庫の内容に変化があった。なんと、これまで収納していたポイズンビーストの素材に、変異という冠が付いたのだ。

変異ポイズンビーストの肉、変異ポイズンビーストの骨、変異ポイズンビーストの毒血、変異ポイズンビーストの——。

肉はもっと細かく仕分けることも可能だが、あまり細分化してもわけ分からなくなる。部位ごとに使い分けるほどの料理は作れないし、今は大雑把でいいのだ。

それよりも、保存庫は自動で名前が付くのだと思っていたけど、自分の好みで変更できたんだな。考えてみたら、元々は名前のない野草に、セリモドキやミズナモドキといった、俺独自の名前が付いているのだ。

意外と自由度が高いのだろう。

「宝箱ないです」

「ざんねん」

俺が保存庫に気を取られていると、シロとクロが部屋の中央で項垂《うなだ》れている。確かに二人が言う通り、宝箱は出現しない。

初回限定？　まあ、変異個体だったし、あれが特殊なことだったんだろう。少し残念だが、毎回変異個体が出るわけじゃなくて安心もしている。

これで、この部屋から奥へと進めるからな。

「二人とも、いけるか？」

「全然疲れてないのです！」

「だいじょーぶ」

まあ、瞬殺だったからな。魔力は多少使ったが、それだけなのだ。いや、緊張のせいで結構疲れてもいるけど、帰るほどではない。

俺たちはそのまま部屋の奥へと続く道を進むことにした。

罠があるかもしれないので、魔法で作った石の棒で床を叩きながらゆっくりと進んでいく。実際、これで一度罠を発見できたのだ。

床スレスレにワイヤーが張っており、それに触れると落とし穴が開く仕掛けだった。やはり迷宮は恐ろしいところだ。

それからはさらに慎重に歩を進めたため、一〇〇メートルくらいの通路を進むのに一〇分くらいかかっただろう。これは、想定以上に探索に時間がかかるかもしれない。

でも、とりあえずポイズンビーストの肉は手に入ったからな。無理をする必要はないのだ。

「さて、どっちいくか」

「こっち、なんかいるです」

「におい する」

分かれ道で迷っていると、シロとクロの感覚が生物の存在を感じ取ったらしい。右へと延びる道を見ながら、警戒を見せている。

「……じゃあ、とりあえず左から確認するか」

日和《ひよ》ってるわけじゃないよ？　いざという時の逃げ道っていうか、危険がない状態でマッピングしておきたいだけだから！

分かれ道を左へと進むと、そこからも長い道が続いていた。

相変わらず、光源がどこかにあるわけでもないのに謎の薄明かりが通路を照らしている。

遠くまでは見通せないが、自分たちの周囲を見るには問題ない。

今のところ、罠や魔獣は見当たら――。

「わう！」

「え？　クロ？」

突如後ろにいたクロが、俺の体を突き飛ばした。つんのめるように前に出る。なんだ？

突然のことに驚いていると、それまで俺がいた場所に鮮やかな緑色の何かが落下してくる。

「ブジュゥゥゥ！」

「ま、魔獣なのです！」

「わうぅ……！」

謎の魔獣もヤバいが、クロの腕に緑色のヤバ気な液体がベットリと！

クロが表情を歪《ゆが》めて呻《うめ》き声を上げている。魔獣を攻撃するべきか、クロを癒やすべきか。俺が判断を迷った刹那、シロが先に動いていた。

「うにゃぁ！　風刃！」

咄嗟に魔法を放ったのだ。

シロが付き出した手から、使い慣れた風の刃が放たれる。

しかし、それは悪手であった。

魔獣が全身に纏う液体が、風によって撒き散らされてしまったのだ。散った緑色の液体が俺たち全員に降り掛かり、その全身に付着する。

「ぐあぁ！」

「にゅう……！」

「いたい──……」

焼け付くような痛みが、俺たちを襲っていた。

解毒を使用するが、痛みは引かない。

その間にも服が溶け、皮膚が焼け爛れていく。解毒が効かないのは、これが酸だからだろう。

皮膚が一気に溶かされるほどではないんだが、ヒリヒリとした痛みが集中力を奪う。魔力の練り上げが上手くいかない……！

「ブジュジュ……」

「まだ、生きてやがる……」

しかも、少し弱ったようにも見えるが、魔獣は未だに蠢《うごめ》いている。

俺は魔力の精密な操作を諦めると、魔力を思い切り放出しながら水魔法を発動した。いつもの倍以上魔力を使ったが、今は仕方がない。痛みのせいで繊細な魔力操作が無理だし。

俺が放った魔法は攻撃目的ではなかった。大量の水流で、魔獣を押し流したのだ。

普通に攻撃したら、同じことの繰り返しになりそうだったからな。とりあえず大きな水球を使って、魔獣を押すように遠ざけたのである。

相手も抵抗するので三メートルくらいしか離せなかったが、これだけ距離があれば大丈夫だろう。

俺は水針を放って魔獣を攻撃する。

最初は火魔法を使おうかとも考えたんだが、酸が蒸発して気化したらマズいかと思ってやめておいた。

三本の水針が緑色の液体に勢いよく突き刺さるが、それでも魔獣は動き続けている。

あれでも倒せないのかよ。

「シロ、クロ！　もっと距離を取るぞ！」

「わ、わかったです！」

「わう……」

クロが涙目だ。最初に酸を浴びた腕が相当痛いんだろう。

全速力でできた道を駆け戻ると、ポイズンビーストと戦った部屋へ逃げ込む。

そこで大量の水を生み出し、俺たち全員の体を洗い流した。

さらに、回復を数度使った後、解毒、浄化、殺菌で全身を綺麗にする。

ここまでで魔力を八割近く失ったが、なんとか痛みも引いた。

「クロ、どうだ？」

酷い火傷のように、爛れて血が出ていたクロの腕はすでに綺麗になっている。パタパタと腕を振って異常がないか確認しているクロだったが、すぐにコクコクと頷いた。

「もーだいじょぶー」

「そうか……」

「よかったです！」

シロは安堵《あんど》したように胸を撫でおろすと、こちらに這《は》いずり寄ってくる魔獣を睨《にら》みつけた。

そうなのだ、もう俺たちに追いつこうとしている。走れば俺たちの方が速いだろうが、それでもかなりの速さだった。

改めて魔獣を観察する。

「アシッド・スライム……」

こちらの世界のスライムは、よくゲームに登場するような雑魚ではなく、かなりの危険生物だ。どんな場所でも生存可能な生命力と、何でも溶かしてしまう分解能力。そして、高い隠密性能。

こいつはそのスライムの中でも、酸系の能力を身に付けた種類だった。俺やシロが存在に気付けなかったのは、その隠密性能の高さゆえだろう。

発する魔力を抑える能力を持ち、迷宮の魔力の中に混じってしまえるのだ。そのうえ、ジッとしていれば音もほとんどしない。恐ろしいほどの隠密能力だ。

ただ、酸の放つ微かな刺激臭があるため、クロだけは気付けたらしかった。

そして、驚くことにこいつも食用可能だ。だからこそ、知識を得られたんだが。

酸性の強い液体部分は鞣《なめ》しなどにしか使えないが、こいつも一応本体のような部分がある。

魔石の周囲を覆う核と呼ばれる部分なのだが、モチモチとした食感のある、春雨のような味わいであるらしい。

量は期待できないが、肉ばかりの食生活の彩りとしてぜひ確保したい。

「ど、どうやって倒すです？」

「こいつは、クロが一番相性がいい。闇刃を何発か打ち込むんだ」

「りょー」

少し後ろに下がりつつ、クロが闇刃を連続で放った。ドス、ドスと黒い刃が緑色の粘液生物に突き刺さる。

すると、その動きが急激に弱まり、すぐにその場で溶けて消えてしまった。死んだことで、酸の液体を保持できなくなったんだろう。

体液を魔力で保持しているため、魔力も削ることができる闇魔法が非常によく効くのだ。鼻の良さといい、闇魔法といい、クロってばスライムの天敵みたいな存在だよな。

「これが核だ」

床を濡らす緑色の水溜《みずたま》りの中央に、青いブヨブヨとした塊が落ちていた。

「魔力も少し成長したか？　分からんな」

強敵だったが、変異種ほどの魔力吸収は期待できないんだろう。それでも、下水にいるような最下級魔獣たちよりはマシだろうが。

「今回はクロのお手柄だったな」

「クロすごいです！」

「わふー」

ドヤ顔のクロ。だが、あそこでクロに押してもらってなかったら、頭からアシッド・スライムに覆い被さられていただろう。

皮膚や眼球への酸による激痛と、呼吸困難。いきなりスライムに張り付かれて、冷静に対処できたか分からない。

シロとクロもそうだ。下手な攻撃は俺を傷つけるし、どうすればいいか即座には判断できないだろう。

考えれば考えるほど、危機一髪だったかもしれない。

「これからは今以上に慎重に、天井にも気を付けながら進もう」

「はいです！」

「わう」

これだけの目にあっても、やる気を失わないのは凄いぞ？

でも、今日はもう帰ろうな？　魔力もかなり減ったし、疲れたよ。

「スライム、どんな味かも興味あるしな」

「おー！　たしかにです！」

「それなー」

シロとクロもスライムがどんな料理になるのか、気になるらしい。

すぐに帰還に賛成してくれた。

さすがにこの程度の時間で魔獣や罠が復活していることはなく、簡単に迷宮を脱出できた。迷宮への入り口を魔法で塞《ふさ》ぐ。

これでいいのか分からんが、中の魔獣が出てくるリスクはできる限り減らさないとね。なんせ、下水道に危険な魔獣が溢《あふ》れかえったら、傭兵や兵士が確認にやってくるはずだ。俺たちの住処が発見されるリスクが格段に高まってしまうのである。

そうして住処に無事帰還すると、シロとクロがスライム食べたいと騒ぎ出した。まだまだ元気であるらしい。獣人なだけあって、俺よりも体力があるのかもね。

俺も味が気になっていたし、休憩もそこそこにスライムの調理を開始する。

量はさほど多くはないので、細かく刻んで麺風にしようかな。

洗浄の術で酸を取り除いた後、水洗いをしたら意外と綺麗な半透明の塊りになった。触り心地は空気が抜けた軟式野球のボールっぽいかな?

子供三人分でも全然足りないが、メインは肉ってことで。

細かく刻んで春雨っぽくしたスライム麺を数分湯がき、そこに毒抜きしたポイズン・ラットの塩茹で肉、野草数種、ビネガーマッシュの酢、トウガラシモドキなどを加えて、塩で味を調えたら完成だ。

〈毒鼠《ねずみ》と粘獣麺の酸辣麺《サンラータン》・穴倉風』、魔法効果：生命力回復・微、体力回復・微、魔力回復・微、魔力強化・微が完成しました〉

大きめの肉がドーンと入ったスープに、気持ちばかりの麺だったんだが、料理魔法は麺料理と判定したらしい。

シロとクロのために辛みは相当抑え気味だが、前世の酸辣湯麺《スーラータンメン》ぽさは微妙に出ていなくもないかな？

「おいしーです！」

「すっぱっぱー」

「ちょいヒリヒリもよきです！」

「よきー」

二人も美味しく食べてくれている。ただ、麺をうまく啜《すす》ることができないようなので、少し苦戦しているな。

啜れないかと聞いたが、二人とも慣れてきたのか普通に食べれるようになった。

麺料理が初めてで、食べ方自体を知らなかったらしい。ダメならフォークで巻けと教えるつもりだったが、元日本人としては啜り食い推奨なのだ。

でも、こっちの世界でのマナー次第か？　いずれ外で活動できるようになったとき、調べればいいか。

「にしても、魔法効果が微ばかりだな」

下水に出現する雑魚魔獣たちとほとんど変わらない。あれだけ強かったのだが……。

変異個体が別格なのはともかくとして、アシッド・スライムもポイズンラットやガブルルートとさほど変わらないランクってことか？

だとすると、それよりも上位の魔獣っていうのはどれだけ恐ろしいのだろうか？

迷宮に入るのが少し怖くなってしまったが、成長するためにも、食材集めをするためにも、あの場所に赴かねばならない。

「どしたです？」

「こまってる？」

「うん？　いや、大丈夫だ。迷宮は怖いけど、頑張らないとなって思っただけだよ」

「シロもがんばるです！」

「クロもー」

二人はニコーッと笑いながら、シュタッと手を上げてやる気をアピールしてくれる。

その顔に、迷宮への恐怖など微塵《みじん》もなかった。本当に、頑張ろうと思っているらしい。能天気なだけなのかもしれないが、今はその能天気さがありがたい。

俺の中にわずかに残っていた迷宮への恐怖心のようなものが、スーッと消えたのだ。守ろうって決意した相手に気を使われて、何やってんだろうな俺は。

「よーし！　それなら特訓だ！　どんな敵が相手でも先に見つけて、しっかりと対処するために
な！」

「にゃう！」

「わう」

ということで、やる気があるうちに魔法の特訓だ。少し考えていたんだが、二人の魔法なら感知の真似事ができるんじゃないかと思ったのだ。

シロの風魔術なら、広範囲の索敵ができそうな気がする。いや、できるだろう。

問題は、俺がその魔法を使えないから教えられないってことだ。

それでも、俺は風を介して周囲の情報を探る術のイメージを伝え、練習してもらうことにした。

こっちの世界の魔法を新たに習得するには、こんな魔法が使いたいなーと思いながら精霊に魔力を与え続けるのが一般的な修行法らしい。

たとえ発動しなくても、魔力を介してイメージは伝わっているので、いずれ精霊が近い効果の魔法を授けてくれるのだ。

本人の実力が足りていなければ習得は無理らしいが。

初心者が山を消し飛ばす超魔法が欲しいと願ったところで、無理ってことだろう。そもそものお願いを聞いてもらうための魔力が足りないのだ。

「風で、敵さがす……？　うにゅにゅにゅ」

なかなか難しそうだが、これができるようになれば相当な戦力だ。頑張ってほしい。

「トール。クロはー？」

「クロは闇魔法で、物陰に潜んでる奴を探したり？」

「おー、なるー」

「あと、火魔法も使えるなら熱を感じられるかもしれんぞ？」

温度を計る術などもあるので、熱源感知も可能かもしれん。そう説明すると、クロはすぐに試行錯誤し始めた。

こう言っちゃなんだが、シロに比べて遥かに期待ができそうだ。

魔法も得意だし、集中力も長く続く傾向にあるからね。で、俺もある魔法の訓練を開始する。

多分、俺は脳内にインプットされた魔法しか使えない。だって、精霊のことを感じられんし、今まで新しい魔法を教えてもらえたこともないのだ。

その分、最初から百種を超える術を習得してるんだから、十分だけどさ。

つまり、もうある術から使える術を探さねばならない。その中で俺が目を付けたのは、水源感知という術だ。

その名の通り、周囲にある水場を感知するための術だった。

外で水を用意しなきゃいけない時用の術なんだろう。魔法料理人の守備範囲って……。だが、今はありがたい。

この術をより範囲を限定して使用してみると、シロとクロの体内の水分がしっかりと感じられた。

ただ、精度は非常に低く、漠然とした方向くらいしか分からない。

でも、もっと練習してイメージを練り上げていけば、隠れている魔獣の水分を探し出せるようになるかもしれなかった。水分ゼロの魔獣がいたら感知できないかもしれんが、それはおいおい考えよう。

「うにゃー！」

おっと、わけ分からな過ぎてシロが爆発したな。少し手伝ってやろう。

あと、装備品をどうしようかね。せっかく手に入れた迷宮産の装備が、もうおしゃかになってしまった。

謎の魔法パワーで修復されたりやしないかと期待していたんだが、二人の服はアシッド・スライムの酸に溶かされたままだ。

だが、俺が見ている前でシロの装備品が光り輝いたかと思うと、あっという間に穴がふさがっていた。まるで新品のように、綺麗な状態に戻っている。

「は？　え？　何が起きたんだ？」

次いで、クロのメイド服にも同じ現象が起きていた。二人にいろいろと話を聞いてみると、面白いことが分かった。

どうやら、装備者が修復する意思を込めて魔力を注ぐと、自動で修復されるらしい。

シロは最初、背中がスースーするから治らないかなーと思いながら、風の魔法で寒さをどうにかできないかと魔力を操作したらしい。

クロはシロの服が明らかに魔法的な効果で直ったのを見て、魔力を込めたら自分の服も直るかもしれないと思ったそうだ。

本当に偶然だが、メッチャいい機能を発見したな。ただ、修復には相当魔力を消費してしまうらしい。

「にゃふ……」

「あふぁ……」

魔力枯渇寸前のシロとクロは、眠たげに大きな欠伸《あくび》をするのだった。

◇◆◇

「はい、それじゃあ、これは何と読むでしょう？　シロくん」

「うーんと、うーんと……」

「クロわかる」

「だめです！　クロ言っちゃだめです！　シロが考えてるんだから！」

「わかってるー」

毎日迷宮に潜っていては体がもたないので、今日は探索は休みだ。まあ、完全なお休みじゃなくて、勉強の日だけどね。

俺は住処でシロクロに文字を教えていた。

平たい壁を黒板代わりに勉強会だ。ああ、チョークは、町の中で見つけた石灰っぽいものを魔法で固めたら作り出せた。すぐに折れるしボロボロ崩れてしまうが、なんとか使えてはいる。

「えーっと……わかった！　こんにちはです！」

「不正解」

「えーっ？」

シロが元気よく答えたけど、間違いだ。

「じゃあ、クロくん」

「うん。答えはおはよー」

「はい正解」

「にゃー！」

俺の持つ神様からの恩恵の一つ、『言語能力』は自動翻訳機能ではない。喋ろうと思ったら自然に出てくるという、脳内に言語知識が勝手にインプットされている系の恩恵だ。

なので、二人に文字を教えることも難しいことではない。

読み書きがある程度できるようになったら、簡単な計算も教えるつもりだ。この世界の数学がどこまで発達しているか分からないので、加減乗除くらいのつもりだが。

なぜそんなことをするかと言うと、いざというときのことを考えてだった。

例えば、狩りの最中に俺が死んでしまったら？　何かの事故で、離れ離れになってしまったら？

最悪、二人が奴隷商に連れ去られてしまったら？

生きるために、読み書きができて損はないはずだ。奴隷になってしまっても、読み書きができて戦闘能力まであれば、鉱山奴隷などで使いつぶされることはないだろう。

「トール、正解したよー？」

「うん？　そうだな」

「正解したら？」

「したら？」

クロが眠たげな目で、じっと俺を見つめる。

「えーっと……」

「正解したよ？」

小首を傾げるクロ。めちゃくちゃかわいい。

「よくやった？」

「言葉だけ？」

「こうか？」

俺は、催促するように目の前に突き出されたクロの頭を、よしよしと撫でた。

「わふー」

クロは気持ちよさげに目を細める。尻尾もちぎれそうなほどにブンブンと振られ、とても嬉《うれ》しそうだった。今日のクロは少し甘えん坊さんで、犬可愛い。

「ふぬん」

「あーいいなクロ！　シロも頑張るです！」

「次もクロがいただき」

「トール、早く早く！　次です！」

「分かったから！　ひっぱるなって！」

齢は同じでもシロの方が体が大きい。そんなにガクガク揺すられたら、むち打ちになりそうだ。

「じ、じゃあ、次はこれな」

俺が書いた文字を見て、クロはすぐに理解できたらしい。

「クロ分かった」

「クロずるい！」

「早い者勝ちー」

「にゃあ！」

シロは全然分からないのだろう。頭をかえて叫んでいる。

「じゃあ、クロ」

「ごめんなさい、だと思う」

「正解！」

「わっふー」

「にゅぅぅ！」

クロがドヤ顔で喜ぶ。シロは本気で悔しそうだ。

シロより魔法が得意なクロだが、勉強もクロの方が得意なようだった。猫と犬という種族の差もあるのだろう。クロは言われたことを忍耐強くやることができるし、勉強もキライではない。

逆に、シロは一瞬の集中力と身体能力に勝る、アスリートタイプであった。しかも、典型的な勉強ギライ。文字の勉強に関しては、クロが大幅にリードってところだな。

「ごほうび～」

「あいよ。ほれ」

「わふん」

「にゃぁ……！」

シロが服の裾をガジガジ噛んで、頭を撫でられるクロを羨ましそうに見ている。少しフォローが必要だろうか？

「シロ頑張る！」

だが、シロはそんなことではめげなかった。生来、負けず嫌いなんだろう。グッと拳に力をこめ、何やら決意している。やる気も煽《あお》れるようなので、もうちょっとこのままでもいいか。

「にゃにゃにゃにゃにゃー！」

「シロ、繰り返し書くのはいいけど、間違ってるから……」

「うにゃー！」

シロが頭を抱えている。

「ほれ、野草茶でも飲んで落ち着け」

「にゃう！　これ好きです！」

「クロもー」

材料は、シソモドキと名付けた草を乾燥させた物だ。それを煮出しただけの色付き水だが、これが案外悪くない。乾燥させたことでエグミや青臭さがなくなり、わずかな苦みが出ているのだ。味が薄い緑茶って感じ？　体にもいいみたいだし、落ち着きたいときにはいいだろう。飲み過ぎると、シロがおねしょしちゃうかもしれんから、一杯だけだがな。

第三章　迷宮発見

CURSED COOK RAISES MOFUMIMI GIRLS

迷宮を発見してから数日。

今日は迷宮探索を休んで、住処《すみか》で料理をしている。シロとクロは修行という名の追いかけっこだ。クロは覚えたての幻影の術で球を生み出して、シロはそれを回避したりしている。確かに修業っぽいが、それ以上に楽しそうだった。まあ、楽しみながら鍛錬になるなら、一番いいけど。

食料は十分にゲットできている。

まだ最初の部屋とその隣の部屋にしか足を踏み入れていないが、変異個体ではない普通のポイズンビーストも倒すことに成功したのだ。あと、迷宮の隅で苔《こけ》を発見したりもしていた。フラジェリアと呼ばれる黒っぽい苔なんだが、これが食材として利用できる。

わずかに魔力を含んでおり、魔法薬の素材にもなるらしいが、そっちの知識は持っていない。これ単体では意味がないうえ、調味料に使えるような味ではないからだろう。

ただ、薬の材料になるだけあって、熱を通せば食べることができた。しかも、それなりに栄養がある。まあ、味は正直微妙らしいが。やや青臭く、味はほぼないようだ。それでもクセが少ないので、調理方法次第では美味《おい》しくできるんじゃないかね？

毒抜きをしたポイズンビーストの骨を鍋に掛けつつ、肉を丹念に叩《たた》いていく。筋張った見た目からも分かる通り、脂身が少ない赤身だ。やや紫がかって見えるけど、毒は抜いてある。

できあがったポイズンビーストのミンチ肉に、塩とトウガラシモドキ、クレソンモドキを乾燥させた粉末を混ぜ込み、こちらもみじん切りにしたフラジェリアをさらに混ぜる。

「よし、これで種の完成だな」

次にフライパンにポイズンビーストからわずかに取り出せた脂を載せ、よーく熱したらそこに拳大に丸めたミンチ肉を投入だ。

そう。俺はハンバーグを作っていた。繋《つな》ぎは入っていないが、ポイズンビーストの赤身は元々ネバリが強いので、火加減次第では崩さずに焼き上げることが可能だ。

火力調整にメチャクチャ神経使うけどね！　料理魔法がなかったら、諦めるレベルだった。

そうしてハンバーグを調理しつつ、同時にもう一品も仕上げていく。

取り出したるは、毒抜きをしたポイズンビーストの腸である。こいつ、実は腸が結構長いうえに薄く、ソーセージが作れてしまうのだ。

そりゃあ、味も弾力も牛や豚の腸には及ばないが、俺たちが楽しむ分には問題ない。

ああ、普通だと寄生虫や病原菌がヤバいが、聖魔法をかけまくれば大丈夫だ。

チート万歳だぜ！

ソーセージを作る器具なんかないから、腸の中にひき肉を詰め込んで、手で成型する感じになるけどね。

ボイルした後に焼き目を付ければ、ポイズンビーストのソーセージ穴倉風のできあがりである。

ハンバーグとソーセージが同時に皿に載る姿、絵力半端ない！　こうなったら、とことんやってやる！　最後に、一人一つ目玉焼きを載せれば完成だ！

〈『毒獣のハンバーグ、毒獣のソーセージ添え、穴蔵風』、魔法効果：生命力回復・極小、体力回復・極小、魔力回復・極小、生命力強化・極小、魔力強化・極小が完成しました〉

全部極小だが、魔法効果がいろいろと付いているぞ。まあ、今重要なのは味だが。

あと、名前がハンバーグだ。料理魔法が勝手に名前を付けていると思ってたけど、保存庫と同じように俺の認識が影響を与えている？

「トール……」

「お腹《なか》減ったです……」

「うぉ！　いつの間に……！」

気配を消して近づくんじゃありません！　いや、俺が料理に集中し過ぎて気付かなかっただけ？

いつの間にか、獲物を狙うハンターの目をしたシロとクロが背後にいたのだ。運動して腹が減っているんだろう。

「いただきます」

「「いただきます！」」

待ちきれないとばかりに食事の挨拶《あいさつ》を口にすると、そのままフォークをハンバーグにぶっ刺す二人。

「ふぉぉぉ！」

「じゅわわー！」

溢《あふ》れる肉汁に驚きの声を上げているな。結局、完食するのに三分かからなかった。すんごい勢いで料理が腹に吸い込まれていったのだ。

「もうないです……」

「ペロペロ」

皿を舐《な》めながら切ない顔をしているが、夕食はそれだけだぞ？　むしろ、出会ってから一番量が多かったんだからな。

その後、満腹になってお眠《ねむ》な二人を寝かしつけると、ここからは大人の時間だぜ？　まあ、闇夜に紛れてカロリナの家へと向かうだけだが。

すでに一度様子を見に行ったが、彼女はなんとか職場に復帰できていた。足元を見られて給料はだいぶ下がったようだが、あのまま野垂れ死ぬよりはマシだろう。

それに、竜の起こした火災によって、多くの本が灰となっている。今は書写士にとっては稼ぎ時らしく、仕事はいくらでもあるようだった。

彼女の家に近づき、扉を軽く叩《たた》く。トントンという二連続のノックを三回。これが俺がきたという合図だ。

扉が開き、中からはホッとした様子のカロリナが出てくる。まだ宿に移るほどの金は稼げていないようだが、そろそろ何とかなるんじゃないか？

こんな場所に一人暮らしなんて、物騒だからね。まあ、今のところ襲われそうな気配はないようだが。

言い方は悪いが、大火傷《おおやけど》を負って包帯ぐるぐる巻きなうえに超貧乏なカロリナは、襲っても益が全くないと思われているのだろう。本人から奪うものはないし、本人を売り飛ばすこともできないのだ。

「仕事の方は順調？」

「おかげさまで。あ、これ頼まれていたお塩です。どうぞ」

「おお！　助かるよ！」

カロリナが俺に渡してくれたのは、小さな岩塩の塊だった。小さいけど、これで一〇日はもつだろう。本当にありがたい。

「じゃあ、今日も治療を行う。カロリナには、早くもっと稼げるようになってもらいたいからね」

「はい。次はもっとたくさんのお塩を買えるように頑張ります」

目はまだぼやけているものの、見えていなかった方の目も光を取り戻している。目を近づければ、細かい文字も何とか読めるようだ。多分、視力的には〇・一とかそれくらいだろう。

手の火傷も相当良くなっているはずだ。まだ治っていない部分の方が多く、全身が引きつるような感覚があるようだが、書写は問題なく行えている。

俺の聖魔法では傷を完全に消すことはできないが、日常生活を普通に送れるくらいにはできそうだった。

「お願いします」

でも、なんかカロリナの態度が妙に恭しいんだよね。怖がっているとか恩義を感じているって感じじゃなくて、もっとこう崇《あが》めている感じ？　いや、俺の勝手なイメージだから、謎の存在にビビッているだけだとは思うけど。まあ、舐《な》められるよりも多少ビビッてるくらいの方が裏切らないと思うし、いいんだけどさ。

治療中、彼女がいろいろと情報を語ってくれる。

目が見えないと思われている彼女は、町中で人の話を盗み聞きしていてもあまり警戒されないらしい。立ち止まっていても、休憩中だとしか思われないんだろう。取るに足らない存在だと思われているのだ。

「それでですね――」

「なるほど――」

「えっと――」

「ほうほう――」

兵士の話や騎士の話も交ざっていて、これが結構ためになる。

魔獣が外に出てくるようになったっていうのも驚きだ。その魔獣の種類が詳しく分かればよかったんだが、カロリナは魔獣の知識が全くなく、具体的な名前までは覚えていなかった。毒持ちっていうのは分かったけど、それだけじゃねぇ。

あと、凄腕で子供嫌いの騎士の話とか、非常にありがたかった。外に出る時に、騎士に注意できるのだ。

「それじゃあ、今日はここまでだ。また来る」

「はい。ありがとうございます」

跪《ひざまず》いた状態で両手を合わせてお祈りするようなポーズで俺を送り出すカロリナ。

やっぱ、崇められてない？

◇◆◇

「めーきゅーたんけんです！」

「たんけーん」

今日も今日とて迷宮探索だ。

未だに部屋二つしか発見できていないからな。今日は新しい部屋にたどり着きたいところだ。

「それにしても、今日は魔獣がいないいな」

最初の部屋、通路、二つ目の部屋と進んできて、今日はまだ魔獣に一度も出会っていなかった。

何度か迷宮へと潜って分かったことだが、魔獣はいつでも湧いているわけではないらしい。いる時もいれば、いない時もある。

迷宮を探索するうえでは悪いことじゃないんだろうが、肉獲得を期待している俺たちにとってはかなり問題だ。

まだ魔獣との遭遇数が少ないために規則性のような物も発見できてはいない。現状、迷宮を歩き回って出現するのを願うくらいしかできなかった。

「フラジェリアも、今日は生えてないか」

「苔《こけ》ないです」

「かげもかたちもー」

先日、フラジェリアを発見した通路の角を確認するが、今日は何も見当たらない。

魔獣のように迷宮が生んでいる存在なら急に復活することもあり得るだろうが、たまたま迷宮内に生えているだけだった場合、採取したらそれで終わりって可能性もある。

これについても経過観察が必要だろう。

シロとクロも残念そうに、フラジェリアがあったはずの場所を見つめている。

あまり美味しくはなかったはずだが、二人にとっては食用というだけで十分良い物に思えるらしかった。

「お、分かれ道か」

「どっちいく？」

「うーん……こっち！　こっちいくです！」

二つ目の部屋から続く通路が再び分かれ道になっていたので、とりあえずシロが指さす右方向へと進んでみることにした。

「何でこっちなんだ？」

「うーん？　なんとなくです？」

「あ、そう」

特に意味があるわけじゃなかったか。無意識に魔獣の気配を感じ取ってとかもなさそうだ。

まあ、どうせどちらも探索するんだし、いいんだけどさ。

「ここから先は完全未知の領域だ、慎重に進むぞ」

「わかったです」

「あいあい」

シロはキリッとした表情で、クロは相変わらずの眠たげな表情で頷《うなず》く。

一見するとシロの方が真面目に思えるけど、実は違う。記憶力と集中力が少々残念な子であるシロは、すぐに注意を忘れて遊び始めちゃうからね。それに対してクロはボーッとしているようで、ずっと真面目さんなのだ。

猫と犬っぽいと言ってしまえばそれまでなんだけどね。

通路の曲がり角から先は見えない。

この迷宮、大型と言われるだけあって通路が非常に長かった。

代わり映えのない石造りの通路が延々と延びているだけなので正確な長さはいまいち分からんが、最初の部屋から二つ目の部屋までは七、八百メートルくらいあるんじゃないか？

そこを子供の足で、しかも罠《わな》や奇襲を警戒しながらゆっくり進むのだ。そりゃあ時間もかかる。

ここまで進むだけで、二時間近いかかな？

ああ、俺にはキッチンタイマーのように使える時針の術があるから、時間はそれなりに正確に計れるのだ。

「いきなり強い魔獣にバッタリってことだけは避けたいが……」

迷宮の道はどこも必ず湾曲しており、先を見通すことができない構造だ。そのせいで、先がどれほどの距離なのかも分からないし、魔獣が潜んでいるかどうかも分からない。

勿論《もちろん》、気配を探っているけど、この前倒したアシッドスライムみたいに姿を隠すのが上手《うま》い魔獣もいるからな。

あとは、罠だ。

天井、壁、床。どこに罠が仕掛けられているかも分からない。

結局、一歩一歩慎重に歩を進めるしかなかった。

二〇分ほど歩いていると、シロが飽きてきたらしい。

「にゃにゃー」

ユラユラと左右に揺れながら、その場で回ったり伸びをしたりし始める。

まあ、しょうがない。だって、角を曲がってから三百メートルくらいしか進んでいないし。

でも罠の探索を疎《おろそ》かにするわけにも――。

「にゃう！　まじゅーいたです！」

おっと、タイムリーだな。俺はまだ姿を捉えられないが、シロの耳はしっかりと何かの音を拾ったらしい。次いで、クロもコクコクと頷く。

「毒の匂いするー」

これは間違いなさそうだ。

それにしてもまた毒か。この迷宮、本当に毒ばかりだな。

だが、そんな暢気《のんき》なことを考えていられるのもそこまでだった。

「まじゅーやっつけるです！」

「あ！　シロ！　まて！」

シロが飛び出していってしまった！

あんだけ飽きていますアピールをしていたんだし、これは想定しておくべきだった！

「にゃにゃにゃにゃにゃにゃぁ！」

「クロ、シロを追うぞ！」

カーブしている道を一五メートルほど進むと、さらに向こうに二人が感知した魔獣の姿が見えてくる。

にしても、ありゃなんだ？

野球ボールサイズの緑色の塊が、宙に浮いている？

一見するとスライムっぽいが、アシッドスライムよりもだいぶ小さい。それに、スライムが浮遊したりするか？

疑問に思う俺の目の前で、シロはすでに魔獣の目の前へ到達しようとしていた。

メッチャ速いな！　さすが獣人！

あれ、どう考えても身体強化魔法使ってるよな？

一応教えているけどまだ詠唱が不安定で、時間をかけなければ発動すら覚束《おぼつか》なかったはずだ。だが、今のシロは無詠唱で身体強化を発動している。

戦闘時のハイテンションが、シロに無意識での身体強化を可能としているのか？

普通、興奮や焦燥は集中力を阻害するものだが、シロにその常識は通用しないらしい。

実戦に強すぎだろ！

疾風《はやて》のように――は言い過ぎかもしれんが、かなりの速度で駆けるシロは、既に跳び上がって右手を振り被《かぶ》っている。

「にゃー！」

シロの手の周囲を風の膜が覆うのが見えた。

また無詠唱だよ！

風の刃を纏《まと》ったシロの爪が、魔獣を狙っている。

しかし、シロの風刃爪が魔獣に届くことはなかった。

ガゴン！

「にゃっ？」

「シロ！」

「シロー！」

鈍い音とともにどこからともなく矢が飛んでくると、シロの腕に突き刺さったのだ。

シロは短い悲鳴とともに空中でバランスを崩すと、床に落下してしまう。しかも、悲劇はそこで終わらなかった。

「オォオォ！」

「にゃぐぅ！」

魔獣が自分の体と同じ緑色の弾を飛ばし、シロを攻撃したのである。

背中からその弾丸を食らったシロは、地面を何度も転がった。服の背中が溶け、煙が上がっているのが見える。あの緑色の液体は、酸だったのだろう。アシッド・スライムと同じだ。

「俺はシロを助けに行く」

「クロはえんごー」

「正解だ。でも、近づきすぎちゃダメだ。あの矢は罠だろうからな」

「うん。わかった」

「よし、いくぞ！　うおおぉぉぉぉ！」

俺は魔獣の注意を引き付けるためにあえて大声を上げながら、一直線に駆けた。

さっきシロが発動させた罠は、どんな物だったのか全然分からない。ジャンプ中に発動したってことは、床がスイッチになっているわけじゃないだろうが……。

ともかく、魔獣にも罠にも注意を割かなくてはならないだろう。

近づいても、魔獣の情報は全く読み取れない。どうやら食用に適さない魔獣であるらしく、何も分からないのだ。

「くそ！」

牽制《けんせい》目的で水針を発動して飛ばす。

かなり的は小さいんだが、奇跡的に三本中一本が当たった。そのはずなんだが、魔獣にダメージを与えた様子はない。

貫通したように見えたが、ただすり抜けただけなんだろう。スライムと同じで、核に当てないと意味がない相手であるようだった。色といい、アシッド・スライムの変異種なのか？

だが、俺の目的は果たされている。シロへの追撃を阻止できたからな。だから、負けじゃないのだ。

さらに、俺の脇を黒い矢のようなものが通り抜けていった。クロの闇刃だ。

さすがにこの距離では当たらないが、近くを通り抜けたその攻撃に魔獣は多少の危機感を抱いたらしかった。完全に、その注意が俺たちを向いた。

目などがあるわけじゃないからどちらが正面かは分からないが、その位置取りが明らかに俺とクロを警戒しているのが分かるのだ。

その直後であった。

ガコン！

「くっ！」

前に出ようとしたところに、また矢が飛んできた。

予測していた俺は間一髪回避したが、一体何が起きた？　やはり、何が理由で起動したのか分からん！

「オオオォォ！」

「くそ！　風壁！」

詠唱を削ったせいで薄い壁しか生み出せんが、やつの酸弾を何とか防ぐことはできた。貫通力や衝撃力は大したことないらしい。

「シロ！　大丈夫か！」

「にゃぅ！　だいじょー……いたいぃぃ！」

よかった！　少し気を失っていただけで、結構元気だ！

でも、あの酸弾にもっと貫通力があったらと思うとゾッとするな！

シロをしっかり癒やすには矢を引き抜かなきゃいかんし、まずは魔獣を倒す方を優先したほうがいいか？

俺はそう判断すると、魔法で生み出した火炎を魔獣に叩きつけた。やつを覆うように、火のカーテンが舞い踊る。

火を生み出す魔法の応用だが、これが覿面《てきめん》に効果があった。

火を浴びた魔獣から黒い煙が上がると、そのまま力を失ったかのように地面に落下してしまったのだ。

バシャンという水音とともにその体が砕け散り、床を緑色に濡《ぬ》らす。え？　終わり？

驚くほどあっさりと勝ってしまったんだが……。

ただ、魔獣は小さな魔石以外に素材を残さなかった。

いや、床に染み込んでいる緑色の液体が素材なのか？　酸の液体を残す？　ともかく、食材でないことは間違いなさそうだった。

それよりも、シロの救助が先決だ。俺はいまだに倒れているシロを抱き起すと、膝枕をした。

「にゃぅ……トール、ありがとーです」

「シロ、今直してやるから、少し我慢するんだぞ」

「な、なにするんです？」

「……傷を治すには、その矢を抜かなきゃならない。痛いぞ」

俺も経験したことはないけど、相当な痛みを伴うだろう。

傷口をグリグリするわけだし。

「痛いです？」

「ああ、超痛い」

「にゃぅぅぅ！」

泣きたい気持ちは分かるけど、麻酔なんかないのだ。

一応、獲物をおとなしくさせるために麻痺《まひ》させる術はあるんだが、これは麻痺毒を生み出す術である。しかも、都合よく患部だけに作用させることなんてできない。幼いシロに、この全身麻酔のような効果のある魔法を使うのは怖かった。

「シロー、だいじょーぶ？」

「クロォォ！　いたいのやですぅ！」

「よしよし。でも、ひとりでいっちゃうからだよー？」

「にゃぅ！」

クロの予想外にシビアな言葉に、シロがガビーンって感じの表情で驚きを表す。

きっと、慰めてもらえると思っていたんだろう。

だが、クロは怒っているのだ。心臓が止まるかと思うくらいに心配させられたからな。俺だって同じ気持ちだから、よーく分かるぞ！

「……シロ、これを噛《か》むんだ。あとは、頑張れ」

「にゃむ！」

涙目のシロの口に布を噛ませる。これくらいしかしてやれなくて、すまん。

「クロ、俺の合図に合わせて矢を抜くんだ」

「うん」

「シロが痛がっても、躊躇《ちゅうちょ》するな。その方が、結局シロを痛がらせる」

「わかったー」

俺は体内で魔力をしっかりと練り上げ、聖魔法を準備した。そして、クロに合図を送る。

「今だ！」

「わう！」

クロが、シロの腕から思い切り矢を引き抜いた。

「うにぃぃいぃいぃぃ！」

シロが背を弓なりに反らして、声を上げる。布を噛んでいても分かるほどの絶叫だ。

そこに、俺は連続で聖魔法をかけ続けた。浄化と殺菌で傷を消毒し、あとはひたすら回復の術だ。

一〇回ほどでシロの矢傷は塞がり、綺麗《きれい》な肌が戻ってくる。

その後は背中に浄化の術と殺菌をかけ、聖魔法をさらにかけた。焼け爛《ただ》れていたシロの背中がこれまた癒やされ、綺麗《きれい》になる。

とりあえず、なんとかなったな……。

「ふぅぅぅ」

「トールおつかれー」

「おう。ありがとう」

「シロ寝ちゃった」

激痛のせいで再び意識を失ったんだろう。シロは苦悶《くもん》表情のまま床に倒れている。

「少し、休もう。シロもそのままにしといてやろう」

「りょー」

「ふぅぅ。危なかったぜ」

「うん」

クロと顔を合わせ、静かに頷き合った。

今後、シロにはもっと慎重に行動するように、言い聞かせなくてはならないだろう。

実際、かなり危なかった。

矢に、俺が解毒できないレベルの毒が塗ってあったら？　緑色の魔獣の攻撃が、もっと強かったら？　そもそも、矢の当たりどころが悪かったら？

シロが生きているのは、運が良かっただけなのだ。

「にしても、あの矢は何がスイッチになってたんだろうな？」

「わう！　クロわかるー」

「え？　マジ？」

「マジー」

クロが宙をピッと指さす。

一見するとそこには何もないようだが、集中して見ると何となく違和感があった。

「魔力が感じられるか……？　ああ、細い線みたいな魔力か」

迷宮の通路を横切るように、糸のような魔力が走っている。高さは五〇センチくらいだろう。

ただ、本当に細くて、俺もシロも全く気付けなかった。

クロ、これに気付いたの？　スゲーな。

「うん。トールがそれに触ったら、天井から矢がズビーン」

「な、なるほど」

お、恐ろしいほどの観察眼！

とりあえず、実験をしてみるか。

まずは不測の事態に備えるため、土魔法で壁を作る。その陰に隠れながら、俺は保存庫内にしまってあった襤褸《ぼろき》切れを取り出して投げた。以前の俺が着ていた服のなれ果てである。

布はちゃんと魔力の糸に触れ、直後には矢に貫かれていた。その後何度か場所を変えて試してみるが、矢はかなり正確に飛んでくる。

どうやら、赤外線センサーとかに似た仕掛けであったらしい。そして、相手の位置を正確に把握し、矢が放たれる。

本当に危険な罠だったのだ。

しかもあの緑の魔獣は、この罠を利用していた気さえする。迷宮の魔獣なわけだし、罠の位置も理解しているってことなのか？

俺の想像よりも、迷宮というのは危険な場所であった。

気を付けているつもりだったが、まだまだ足りていなかったのだ。

「この後どーする？」

「今日はもう戻ろう。シロの治療に魔力を使い過ぎた」

「わかったー」

成果はなしか……。

いや、罠の恐ろしさを理解できたのは、大きな成果かな？

それに、危険な罠を見つけるにはただ見ているだけじゃダメってことは分かったし、しばらくは魔力視を鍛えよう。

「シロー、起きてー」

「にゅぅ……もう食べられないですぅ」

なっ！　こ、こいつ、伝説の寝言、「もう食べられな～い」の使い手だったとは！　シロ、恐ろしい子！

も、もう一度言わないか？　これはレアだぞ？

ただ、興奮する俺をよそに、クロがシロの体をグラングラン揺らし出す。どうやらシロの寝言にイラっとしたらしい。

いつもの眠たい目とはちょっとだけ違う、ジト目でシロを見下ろしているのだ。

「シロ、起きてー」

「うぅぅぅぅ……」

「シロシロー」

「にゅぁぁぁぁ……」

クロさん？　それ以上はシロが鞭打《むちう》ちになっちゃうから！

というか、あれでよく起きんな、シロ。むしろなんで寝てられる？

揺する程度ではシロが起きないと理解したんだろう。クロはその手を止めると、徐《おもむろ》にシロの耳に顔を寄せた。

「シロ、ごはんクロが全部食べちゃうよ？」

「にゃう！　ごはん！」

起きたよ。なんか、スゲーな。クロもシロも。

「シ、シロ、大丈夫か？　い、いろいろと」

「トール！　シロのごはん！　どこです！」

「いや、まだ用意してないんだが……」

「あれー？　なんでです？」

何でと言われてもな。

「シロ、寝ぼけてたから、夢の中のことを勘違いしてるんじゃないー？」

「なんだぁ。夢かー」

シロがクロの言葉に項垂《うなだ》れる。

思った以上に元気そうだ。

「シロ、立てるか？」

「？　立てるです！」

「なら、すぐに移動しよう。今日はもう撤退だ」

「えー！　なんでです？　シロ、元気ですよ？　まだ戦えます！　ほら！　ほら！」

シロがシュタンと立ち上がって、その場で軽快にシャドーをして見せる。あれだけの大怪我《おおけが》の後なのに、本当に影響がないように見えた。

「だからもうちょと探検するです！」

いや、影響がないどころか、まさかまだ迷宮に潜っていたいと言い出すとは思わなかった。

気を失うレベルの痛みだったはずなんだが……。

「ダメだ。そもそも、誰のせいだと思っている」

「?」

圧倒的キョトン顔！　こりゃあ、全く分かってませんわ！

ここは心を鬼にして、シロにしっかりと言い聞かせないとダメだろう。甘やかすだけでは保護者失格だ。

「シロ」

「はいです?」

くっ！　なんて純粋な瞳！　怒られるだなんて全く思ってない顔してるじゃんか！

無垢《むく》な子猫のようなこの少女を、今から叱らねばならないのか?

いや、ダメだ。ここで日和《ひよ》るんじゃない俺！

「シロ、俺の言葉も聞かずに飛び出していって、罠にかかったな?」

「にゃぅ……」

そんなシュンとした顔されたら！

「あー、そのだな?」

「はいです……」

耳までシュンとしてる！　可愛《かわい》い！

じゃない！　というか、クロがメッチャジト目で見とる！　ちゃんと言わねば！

「シロが怪我をしたら、俺は悲しい。それに、シロも痛い思いはしたくないだろう?」

「はいです」

「それに、今回はシロが自分で怪我をしたけど、罠の種類によってはクロが巻き込まれて怪我してたかもしれないんだ」

「！」

シロが愕然《がくぜん》とした表情を浮かべる。

その顔のままクロのことを見つめて、ワナワナと震えている。すると、シロが大きな目にブワッと涙を浮かべた。

「クロがけがするのいやですぅぅぅ！　ごめんなざいぃぃぃぃぃ！」

「お、おお。分かればいいんだよ。ごめんなさいできて偉いな」

「にゃううううううぅ！」

号泣し始めてしまったシロの頭を、思わず撫《な》でてしまう。だって、他にどうしろと！

俺がオロオロしながら困っていると、クロがシロをそっと抱きしめた。そして、その背中をポンポン叩く。

「クロもシロに怪我してほしくない」

「うにゅぅぅぅぅ！」

「だから、次はトールの言うこときこー？」

「にゃう！　わかったぁぁぁ！」

と、とりあえずシロはしっかりと反省してくれたかな？

「にゃにゃー！」

「わふー」

抱き合うケモミミ少女たちの友情。尊い。

違う。大声を出してたら魔獣を引き寄せるかもしれない。早々に迷宮を脱出しよう。

◇◆◇

シロがやらかしてから二日。

そろそろ肉も底をつきそうだということで、一日の休養を挟んで改めて迷宮へとやってきた。

今日こそは魔獣を倒して肉を得たい。それがだめでも、腹が膨れる何かが欲しいのだ。

俺のその思いが神様に通じたのだろうか？　いや、通じたんだとしても、だいぶ曲解されたんだろう。

俺たちは二つ目の部屋で、一体の魔獣と遭遇していた。

しかも、初見の相手だ。

「赤い球？」

「虫です？」

「あしいっぱいー」

部屋の隅に隠れていたのは、バスケットボールほどのサイズの赤い球体に、昆虫のような細い足が一〇本ほど生えた謎の魔獣である。

ここから見る限り胴体部分は綺麗な球体で、生命感があまり感じられない。それなのに、ワサワサと動く足はまさに多脚の昆虫のもので、かなり不気味であった。

生理的嫌悪感が半端ない。

「あれは、レッドスパイシーゴーレムだ！」

先日の魔獣とは違い、今日はしっかりと情報がインプットされていた。

あれは核を中心に赤い粉で形作られたゴーレムで、生物ではない。ああいった無生物系でも魔獣というらしいが、迷宮ではよく出るタイプの敵であるようだ。

レッドスパイシーゴーレムはその名の通り、香辛料のような赤い粉で全身が形成されていて、その粉を飛ばして攻撃してくるという。

体はゴーレムでありながら非常に脆《もろ》く、強度は低いようだ。一発当てれば勝てるだろう。

「遠距離攻撃をしてくるはずだ。俺の後ろに」

「にゃ！」

「わふ！」

よしよし、シロは飛び出していったりしないな。

ちゃんと先日の反省を生かしているらしい。

「俺が壁を作るから、二人はそれを盾にしながら魔術で攻撃だ」

「わかったです！」

「わかた」

俺たちは、この迷宮で魔獣に出くわすたびに大怪我をしているからな。

今日は慎重に、攻撃よりも防御優先で行くぜ。

「壁よ！」

俺の魔法によって、迷宮の地面が変形して壁を作り出す。かなり魔力を消費してしまうが、結構分厚く作れただろう。

この壁に身を隠しながら、魔法で攻撃するのだ。相手のことはすでに魔力感知で捉えているから、見えていなくても問題ないし。

レッドスパイシーゴーレムはまだ動かない。俺たちが入り口付近にいるせいで、こっちに気付いていないのか？

「いくです！ 風よ！ 刃となって敵を断て！ 風刃！」

「わう！ 闇刃」

警戒しつつも、シロとクロがしかける。

石壁から顔と手だけを出して、魔法を放ったのだ。

安定しない体勢だが、しっかりと狙いをつけて放った魔法は正確に魔獣に飛んでいった。

当たる！ そう確信した直後だった。

バチィイ！

甲高い破裂音を残して、シロの放った風刃が掻《か》き消える。

バチィィィ！

次はクロの闇刃だ。魔獣に当たったわけではない。その直前で、弾《はじ》けるように消滅したのが分かった。

何が起きた？　迎撃された？　それとも、魔法障壁的な……？

そこでようやく気付いた。魔力感知で感じている魔獣のサイズが、目で見たサイズよりもほんのわずかに大きいことに。どうやら、見えない魔力を体に纏《まと》っているらしい。

本当に魔法を防ぐ障壁的なものを使っているのだろう。

食材としての情報と、大まかな基礎情報はインプットされていても、使える魔法の詳しい情報なんかは分からんからな！　思ったよりも厄介な相手っぽいぞ！

俺は、二人に続こうと準備していた魔法をキャンセルした。普通に攻撃しても、通じないと考えたのだ。

二人が使った刃の魔法は、アレンジを特にしていない普通の初級魔法。中級魔法が使えない現状、より魔力を込めた魔法以外に手はない。

それでダメなら撤退するか、接近して物理攻撃を加えるしか道はないだろう。

だが、俺が新たな魔法を準備するよりも早く、ゴーレムが動いていた。

ドゴゴン！

ゴーレムが遠距離攻撃を放ったらしく、石壁が激しく振動する。かなり威力はありそうだが、石を砕くほどではなかったらしい。次は俺の番――。

「うごっ！」

突如、鼻の奥と目がズキンと痛んだ。辛みマシマシのワサビを、大量に食ったような感じだ。次いで目から大量の涙が流れ出し、鼻からは鼻水が垂れ下がる。

「ぎにゃぁぁ！」

「ぎゃわん！」

シロとクロもか！

いや、俺よりも二人の方が症状が重いようだ。俺は咳《せ》き込みながら涙と鼻水を流す程度であるのに対し、シロとクロは鼻を押さえながらその場に倒れ込んでいる。のたうち回るまではいかないが、激痛のせいで動けないらしい。

多分、鋭い獣人の感覚が仇《あだ》になったのだ。

周囲をよく見ると、赤い粉のようなものが微妙に舞っている。

これが催涙系の効果を及ぼしているのだろう。

二人に回復の術をかけると一瞬症状が回復するんだが、すぐに元に戻ってしまった。赤い粉を大量に吸い込んでしまった後であるため、少し治っても体内に残留する粉のせいでまた症状が出てしまうんだろう。

微風で吹き飛ばそうとしたんだが、撒《ま》き散らすだけでうまくいかない。

「げほっげほっ……」

「はっ……はっ……」

二人の呼吸が怪しくなってきた！

しかも、ゴーレムからの攻撃はまだ続いており、石壁が何度も揺れた。このままでは石壁が壊されるかもしれない。それに、空気中を舞う赤い粉が段々と濃くなってきたのだ。

ようやく分かった。

この粉は、ゴーレムの攻撃の仕業だ。

というか、この粉を固めた物を飛ばしてきているのだろう。そして、土壁にぶつかって割れることで、周囲に撒き散らされているのだ。

香辛料を攻撃に使っているのかよ！

俺は息を止めた状態で土壁から飛び出すと、視界に入ったゴーレム目がけていつもより魔力を多く込めて水刃の術を発動した。

俺よりも大きな水の刃が飛び出し、赤い異形のゴーレムに迫る。これがダメだったら、近接戦闘だ。包丁が通用すればいいんだが……。

そんな俺の心配をよそに、水刃は見事にゴーレムの体を吹き飛ばしていた。どうやら、やつの障壁は一定以下の魔力の術しか防げないらしい。斬れなかったところを見るに威力は減衰してしまったようだが、衝撃力は十分に見える。

弾けるように飛んで粉々に砕けレッドスパイシーゴーレムは、そのまま赤い粉の山となって動かなくなった。

魔力もほとんど感じなくなったし、多分倒しただろう。

それよりも、早くシロとクロの救護を行わなくては！

「げほぉっ！　にゃぅぅ……」

「わあうぅ！」

シロは咳《せき》が止まらず、クロはそれに加えて涙と鼻水だ。イヌ科の獣人であるクロの方がより被害が大きいらしい。呼吸もかなり早く、このままでは過呼吸になりそうだ。

ただ、どう対処すればいい？　回復だけでは癒やせないのは分かっている。

俺はとりあえず自分に浄化と解毒の術かけてみた。その結果、浄化の術が効果的だと分かる。解毒も多少の効果があったが、浄化の方がいいようだ。

風の結界でこれ以上赤い粉を吸い込まないように俺たちを覆ってから、二人に浄化をかけ続けた。合わせて一〇回ほど浄化すると、ようやく二人の呼吸が安定する。涙も止まり、赤い粉をほとんど排除できたようだ。

最後に回復の術を使って、症状は完全に治まったのだった。

「シロ、クロ、どうだ？」

「にゃぅ……喉、痛かったです……」

「目、しみしみー。のどキューッってしてたー」

喉と目か。刺激のある香辛料を、催涙弾のように使っていたわけだ。

完全に俺のミスだ。

情報が分かっていても、対処をミスったら意味がない。それに、インプットされた情報を読んで、完全に舐めてしまった。

脆いという情報はあっても、弱いという情報はなかったのだ。それをしっかりと理解できていなかったのである。

「済まん。最初の行動を間違えた俺のせいだ」

最初から全力で攻撃していれば瞬殺できた相手だっただろう。

頭を下げて謝ると、なぜか二人に頭を撫《な》でられた。

「ちょ、どうした二人とも！」

「にゃははは！　いつも凄《すご》いトールが謝ってるです！」

「レアもの」

二人はそう言って笑いながら、俺の頭をグシグシと撫でまくる。

「ちょ、髪の毛いたい！　ハゲる！」

「ハゲのトール！　面白そうです！」

「はげげー」

笑い飛ばして俺を慰めてくれてる？　いや、どう見えてもただただ面白がってるだけだな。

「ええい、やめんか！」

でも、文句すら言わない二人のおかげで、気分は少し楽になった。

次、ミスをしないように頑張ろう。起きたことはなかったことにはできないんだしな。

「おっと、そういえばレッドスパイシーゴーレムを倒したんだった。香辛料を回収しとかないとな！」

「こーしんりょー？」

「食べ物です？」

「あー、二人は食べたことないのか」

まあ、転生後だったら、俺も食べたことないけど。

この世界では香辛料は貴重だ。勿論、地球とは植生も種類も違うので、中には広く普及している香辛料もある。俺が町の中で発見したトウガラシモドキとかもそうだ。辛味とか言われているらしい。

ただ、トウガラシモドキはあまり人気がなかった。俺たちにとっては貴重だけど、普通の人からするとエグ味やクサ味があって、凄く美味しいってわけじゃないからだろう。この国の人間があまり辛さを好んでいないっていうのも大きいかもしれない。

それに、同じような味の香辛料に、赤辛子粉というもっと旨《うま》みが含まれた上位互換の種類があるのだ。

これこそ、俺たちが倒したレッドスパイシーゴーレムが落とす香辛料であった。

どこかにレッドスパイシーゴーレムが大量出現する場所があるそうで、そこで大量に産出するのである。さすがに塩ほど安くはないが、庶民でも十分手が届く値段で流通していた。

それ専用の装備なんかを準備して、計画的に狩っているんだろう。

「あ、二人は近づかん方がいいかもしれん。倒したとはいえ、赤い粉は残ってるからな」

「む、あの赤いの嫌です」

だが。

「待ってる」

断固として赤い粉には近づかないという決意の表情だな。香辛料まで嫌いにならなければいいん

「すぐ取ってくるからさ」

レッドスパイシーゴーレムの残骸へと近づく。赤い粉が迷宮の床にこんもりと積もっているが、これが香辛料というわけじゃない。まあ、刺激はあるだろうが、それ以外に毒や食用に向かない成分も含んでいるのだ。

この赤い粉をかき分けると、魔石と赤い石のようなものが埋まっていた。

この石を削れば、香辛料となるらしい。

情報では小指の先ほどの小石だということになっているんだが、今回の物は親指の先くらいはある。個体差があるのかね？　どうやら、最大級のやつを引いたようだった。

そのせいで強かったのか？

赤い粉も何かに使えるかもしれんので、一応収納しとこうかな。

「ただ、香辛料じゃ腹は膨れないんだよな……」

進むべきか、戻るべきか。

「……今日は戻るか」

レッドスパイシーゴーレムとの戦いで、魔力も体力も消耗してしまっている。また未知の強敵が出た場合、危険なのだ。

「えー？　まだお肉てにいれてないです！」

「にくにくー」

「ダメだ。安全第一だからな！」

肉はちょっとしかないけど、ガブルルートの根はあるし、野草もある。あとは、カロリナから分けてもらった芋があるのだ。実は、休養日にした昨日、彼女の治療に行ってきたのである。

その時に、芋を五つ分けてもらっていた。緑芋という、サトイモっぽい味と外見の芋だ。名前の通り、その皮はくすんだ若草色をしている。

中はここまで緑色じゃないが、やや黄緑に近い黄色って感じの色合いだ。

そのまま茹《ゆ》でて食べることもあるが、マッシュしたり、団子状にして茹でることなどもあった。片栗粉《かたくりこ》などを混ぜなくてもかなり粘りがあるので、団子にしやすいのである。

小麦よりも安いので、スラムなどでは主食として食べられているようだ。味はよく言えばクセがなく、悪く言えば薄味って感じらしい。

値段が安いせいで大量生産する農家もあまりいないが、救荒作物的に各農家が少しずつ育てているのだろう。

「うぅ……お肉たべたいです」

「にくのないかなしみ」

「スープに少しだけ入ってるんだから、それで我慢しなさい」

「「はーい……」」

下水道でポイズンラットにでも出くわさないかと思ったんだけど、そうそう都合よくはいかなかった。

結局、今日は緑芋を潰して作った団子がメインになりそうだね。

住処に戻った俺は、未だに肉ロスによってテンションが下がったままの二人を慰めつつ、料理に取り掛かった。

二人は肉がないことに絶望しているが、俺は結構楽しみだ。

赤辛子粉なんて、この世界で初めて使うまともなレベルの調味料である。俺が見つけた代替え品ではなく、世間一般で使われている普遍的なものだった。

つまり、頭の中にあるこの世界のレシピを、完璧に再現できるというわけだ。

作るのは緑芋に材料を混ぜて作る、芋団子である。

蒸《ふ》かしてから潰した芋の中に、刻んだキノコを混ぜ込んで骨で取った出汁《だし》を少量ずつ加えながら練っていく。ある程度粘ってきたら、塩と赤辛子粉で味をつけてタネのできあがりだ。

最後に、これを一口大に丸めて茹でていく。

〈『赤辛緑芋団子、穴倉風』、魔法効果：生命力回復・微、生命力強化・微が完成しました〉

少しだけ付いた魔法効果は、赤辛子粉のおかげかな？

問題は味だ。ほぼレシピ通りに作ったけど、美味しくできたかな？

これに毒鼠《ねずみ》のスープを付ければ今日のお夕食完成だ。

「ほら、できたぞー」

「いい匂い！」

「おいしそー」

芋団子の匂いを嗅いでいたシロとクロは、さっきまでのローテンションが嘘《うそ》だったかのようにニコニコ笑顔である。かなりいい匂いだからね。

俺たちは三人一緒に、芋団子にかぶりついた。

「おおー！　うまうまです！」

「モチモチがよき」

確かにモチモチとしているうえ、出汁とキノコの旨みがしっかりと出ていて、かなり美味しかった。クセがないおかげで、純粋に食感も楽しめる。

「ピリカラも悪くないです」

「クロはキノコのはごたえもすき」

地球の料理の再現もいいけど、こっちの世界のレシピをちゃんと理解するのも重要だよな。おかげで赤辛子粉の適正な分量とかもよく理解できたし。

「あの赤いの、次も出たらいーのにー」

「次こそシロがやっつけるです！」

あれだけ酷《ひど》い目に遭わされたのに、出現を望むとは……。

このポジティブさ、俺も見習いたいもんだぜ。

「クロがやっつけるもんねー」

「えー！　シロがズバーンてやるのです！」

ちょっとおバカという疑惑もあるが、超ポジティブなんだと思っておこう。

◇◆◇

「はーい、目を閉じるんだぞー」

「にゃぁ……」

「すぐ済むから、ちょっと我慢してなー」

「うう……」

俺の目の前で裸のシロが、頭をビショビショに濡《ぬ》らしてエグエグと泣いている。その体がプルプルと震える度に、耳と尻尾も震えてちょっと可愛い。

ああ、寒くて震えているわけじゃないよ？　だって、シロが頭からかぶっているのはお湯だもん。

「な、泣くほど嫌なのかよ……」

「みず、きらいですー」

「でも、たまには洗わないと不衛生だからなぁ」

「にゃぅ！　トールの魔法でピンピカピーンしてもらえば綺麗です！」

「浄化のことか？　でも、あればっかりっていうのもなぁ……」

そりゃあ、浄化と殺菌を使っていれば、清潔は保たれる。ただ、元風呂好きの日本人としては、それだけだと綺麗になった気がしないのだ。できれば風呂に漬かりたかった。

シロとクロを助けてから既に一ヵ月以上が経《た》ち、どうにも気になっていたしね。

ということでシロとクロをお風呂に入れようと準備したんだが……。

土魔法で作った湯船にお湯をためたあたりで、シロとクロが騒ぎ始めた。そこで風呂について説明すると、シロが入りたくないと言い始めたのである。どうも水に濡れるのが嫌であるらしい。こんなところまで猫だったんだな。

だが、一度味わえばきっと良さを理解するはず！

そう思って、まずはシロからお風呂に入れようとしたんだが……。

風呂以前、掛け湯の段階でもう大騒ぎだった。

桶《おけ》でお湯を汲《く》んでシロの背後に立つと、この段階でもうプルプル震えている。

くっ、いじめているような気持になってきた！　でも、これも清潔な生活のため！　全世界のケモナー兄貴たち、今だけは許してくれい！

「はーい、まずは頭濡らすぞー」

「ふぎゃぁぁぁぁ！」

「うわ！　ちょ、暴れるなって！」

「いやぁぁぁぁ！」

ちょっと頭が濡れただけでメッチャ暴れ始めた！　しかも、すぐに水が弾かれるようになってしまったではないか。

シロのやつ、器用に風の結界を張って水を遮断しているようだ。

今までどれだけ修業してもできなかった風の結界の無詠唱を、こんなところで使ってみせるとは！

緑の魔獣相手に身体強化を発動させた時といい、シロは精神の状態がもろに能力や技術に影響を及ぼすタイプらしい。テンションが上がっている時や、追いつめられている時に普段以上の力を発揮するんだろう。

それでも何とか風の結界を闇魔法で解除しつつ、シロの頭を洗った。石鹼《せっけん》なんかないので、お湯で濡らしただけなんだが。

すると、ある程度濡れたところでシロが急におとなしくなった。

「……」

「シロ？」

「………」

め、目からハイライト消えとる！　そ、そこまで？

ま、まあ、今のうちにお風呂へと入れてしまおう。

俺はシロを魔法の腕で抱き上げると、そっとバスタブへと漬からせた。

完全に固まったままのシロの体が、ゆっくりとお湯へと沈んでいく。

その直後、シロの顔に変化が現れた。

「はぅ……」

ホーッとした顔になって、とても気持ちよさそうだ。

「どうだ？」

「……にゃー」

うむ、気持ちいいと言っている！　多分。

お湯の温かさに包まれてしまえば、その良さは分かるんだろう。多分、頭が濡れるのが嫌なのかな？　そこが今後の課題だろう。

「じゃ、次はクロな」

「わう！」

クロはシロと違ってかなりご機嫌だ。どうやら、水が嫌ではないらしい。

「濡らしますよー」

「はーい」

「どこかかゆいところはありませんかー？」

「？　ないー」

クロは楽ですな。いや、頭を洗うのを辞めようとしたら、おねだりするような目で見上げられたな。

「もっとか？」

「もっとー」

「まだ？」

「まだー」

結局五分もゴシゴシさせられた。シャンプーもないのにこんな擦ったら、毛によくないんじゃなかろうか？　回復の術で治るか？

「シロはもう出ようなー」

「にゃー」

餅のように溶けかけているシロを、魔力の腕で持ち上げて湯船から上がらせる。

「クロ、自分で入れるか？」

「ばっちこーい。とう」

「あ！　こら！　飛び込むなって！」

「わふー。いーゆかげん」

クロめ、おとなしく見えて結構ヤンチャだからな。風呂に飛び込みやがった。まあ、嫌がるよりは楽でいいんだが。

俺はその間に脱水と微風の術を使い、シロの体に付いた水を一気に乾燥させていった。

シロはその間も動こうとはせず、呆《ほう》けた様子だ。

精神がいろいろと揺さぶられ過ぎて、思考停止状態なんだろう。

手を引いてテーブルに誘導してやると、素直についてくる。コップに水を注いで前に置いてやると、スッと手に取ってごくごくと飲み干し始めた。

この様子なら、少し放っておけば元に戻りそうかな？

「クロ、風呂はどうだ？」

「きもちー」

「長湯し過ぎるとボーッとしちゃうから、そろそろ上がれな？」

「はーい」

口ではいといいつつも、なかなか風呂から出てこない。

風呂の気持ち良さのせいで、あとちょっと、あとちょっととなってしまっているんだろう。炬燵《こたつ》から出ようとしても出られないアレと同じ現象だ。

それでも気合を入れたクロは、なんとか風呂から上がってきた。

「むーん」

「うわ！　ぶるぶるすんなって！」

クロが全身を震わせて、水を周囲に撒き散らす。メッチャ濡れた！

「だってー、勝手にこうなるー」

犬獣人の本能なんだろうか？　まあ、魔法で乾かせばいいんだけどさ……。次からは気を付けよう。

クロをシロと同じように乾かしながら、水を渡してやる。

「ぷはー。おいしい」

「あー、シロももっと飲むです！」

クロが美味しそうに水を飲むからか、シロが再び水を欲しがった。というか戻ってきたらしい。

シロは瓶に溜《た》めてある水を自分で汲《く》んで、一気飲みだ。

「あんまり水飲み過ぎると、おねしょしちまうぞー」

「シロ赤ちゃんじゃないんだから、おねしょなんてしないです!」

シロはそう言って、さらにゴキュゴキュと水を飲み干した。いい飲みっぷりだが……。

「クロはもういいのか?」

「うん」

クロは自分の限界が分かっているらしい。年齢に似合わぬ冷静さだぜ。

その夜どうなったかって?

シロのやつが再び大泣きしたとだけ言っておこう。

◇◇◆◇◇

Side 黒目黒髪の青年

「アレスよぉ。今日から潜んのか?」

「ガイランドさん。はい」

迷宮の傍《そば》に建てられた、頑丈な建物。

ここは、迷宮管理所だ。迷宮に潜る人間の名前を記録して、戻らない場合は捜索の人員を派遣するための場所である。

まあ、寂れて傭兵《ようへい》の数が激減してしまったエルンストの迷宮では、捜索隊の人員なんてなかなか集まらないだろうが。それに、入場料を無料としてしまったこの迷宮では、捜索の補助金も出ない。助けられた傭兵が全額負担をせねばならないが、そんなこと無理だろう。

今やほとんどの業務はまともに稼働しておらず、入場時に名前を記す行為が形だけ残っている。賑《にぎ》わっていた頃は酒場と大規模な商店が併設されていた入り口横の広間も、今やイスとテーブルが少し置いてあるだけの寒々しい場所だ。商店も大幅に縮小され、小さな雑貨屋程度のサイズになっている。

二階にあった宿泊所はまだ辛うじて残っているが、そのサービス内容は宿と呼んでいいのか微妙なところだ。

ノミの住処となっている埃臭《ほこり》い寝具が置かれただけの、窓さえない息苦しい部屋。料理はおろか、体をふくための水さえ出てこず、蠟燭《ろうそく》なども備え付けられてはいない。寝具や部屋の汚さが気になるなら自分で何とかしろ。灯《あか》りが欲しいなら一階で買ってこい。

そんな場所なのである。

その分、宿泊料は格安だが、それですら釣り合っているかと言われると疑問だ。

実際、長く逗留《とうりゅう》する者はいないらしい。まあ、エルンストの迷宮に見切りをつけて、出ていくものが多いって理由もあるんだろうが。

そんな寂れた建物の一階で、僕は声をかけられた。

声をかけてきたのは、凄まじい威圧感を放つ男性だった。

二メートル近い身長と、筋肉に包まれた幅広の体。背には剣を背負い、着込む鎧《よろい》には所々血の染みが残る。

髭《ひげ》と禿頭《とくとう》のせいで分かりにくいけど、まだ三〇代らしい。傭兵の中じゃ、それでもベテランの領域だけど。

弱い者、迂闊《うかつ》な者、運のない者が淘汰《とうた》されていく傭兵の中で、三〇代でまだ現役を続けられる者は稀《まれ》なんだろう。

戦場や魔獣退治なんかを請け負うことが多い傭兵の中では珍しく、迷宮探索を専門に行っている人だ。仲間と共に各地の迷宮を渡り歩き、今はエルンストの毒迷宮に潜っている。

山賊の親玉みたいな見た目とは裏腹に、非常に面倒見がいい兄貴肌の人物だった。

僕も——僕たちも随分とお世話になったのだ。

「まだ、本調子じゃねぇんだろ？　一人で無理すんじゃねぇぞ？」

「大丈夫ですよ。ガイランドさんは心配性だなぁ」

「お前さんが強いのは知ってるが、どうしてもナリがなぁ。なよっちいしよ」

ガイランドさんの言葉に苦笑いしてしまう。確かに、僕は身長は少し低めだし、線も細い。ちょと猫背気味なのも自覚してるし。陰キャオブ陰キャなのだ。初見で僕を戦士だと思う人間はいないだろう。

「それによ、いきなり一人になっちまうと戦い方も難しいだろ？」

「それはまあ……」

今の僕は一人。しかも、竜との戦いの傷がまだ完全には癒えていない。

今までだったら、無理をせずに休養を続けていただろう。

だが、そうもいっていられない事情がある。今は無理をせねばならなかった。

「でも、時間がありませんから」

「……本気で、嬢ちゃんたちを生き返らせるつもりなのか？」

「はい」

「確かに、迷宮の女神像は攻略者の願いを叶《かな》えてくれる。俺も、仲間の大怪我を治してもらったことがある」

あらゆる迷宮の最深部にある女神像。その力が、僕の最期の希望だ。

「だったら、僕の気持ちも分かってくれるでしょう？」

「ああ。だがな、人が生き返ったって話は、ほとんど聞かねぇ。迷宮にも格がある。その格によって、叶えてもらえる願いが変わってくると言われてるんだ」

「ここの迷宮の格では、足りないかもしれないってことですよね？」

「絶対に無理とは言わん。だが……」

それも散々聞いた。でも、ここの迷宮はまだ未踏破のハズだ。どんな願いを叶えてもらえるか、誰も知らない。もしかしたら、もしかするかもしれないじゃないか。

「可能性がゼロじゃないなら――いえ、ゼロだと言われたって、動かない理由にはならないんですよ。

マリカとヒメナを絶対に生き返らせる。そう思っていなきゃ……」

「ちっ、そんな目されちまったら、これ以上は止めらんねぇじゃねぇか」

「……すみません」

でも、ガイランドさんが心配してくれているのは分かる。

でも、これだけは譲れないんだ。

「毒消しの用意はどうだ？　エルンストの迷宮は、とにかく毒持ちが多い」

「用意してますよ。それに、いざとなれば魔法もありますから」

「そうか、聖魔法使えるんだったな。さすが勇者」

「やめてください。ただ聖魔法と光魔法が使えるだけの人間です。恋人たちすら守れない……情けない男が勇者なわけない」

「……すまん」

「いえ。それじゃあ、もう行きますね」

「おう。引き際だけは、見誤るなよ」

ガイランドさんと分かれて宿へと戻りながら、考える。

この迷宮は毒を持った魔獣が多い。というか、ほぼ毒持ちだ。

それがエルンストの難易度を跳ね上げ、攻略を滞らせている最大の要因である。ただ、僕が一縷《いちる》の望みをかけているのも、その点だ。

大迷宮と呼ばれるほどの規模でなくても、毒持ちで罠が多いというのは、かなりの難易度である。

踏破時に与えられる恩恵も、もしかしたら想像よりも上かもしれない。

問題は、踏破できるかなんだが……。

そこは、奥の手があった。

ガイランドさんにも教えていない、神様に貰《もら》った正真正銘のチート能力。

それが、勇者の力。

この世界では、聖魔法と光魔法を両方扱える黒髪の人間を勇者と呼ぶことがある。大昔、災厄の魔王を倒した勇者がその特徴を持っていたらしい。多分、僕たちと同じ転生者なんだろう。

まあ、ガイランドさんたちが僕を勇者と呼ぶのは、偉人にあやかったあだ名みたいなものだ。多分、他に同じ特徴を持っている人間が現れたら、その人も勇者と呼ばれると思う。

でも、僕は正真正銘の勇者だった。自称勇者の痛いやつってわけじゃないよ?

なんせ僕は、神様によって勇者としての力を与えられている。剣術の才能に加え、聖魔法と光魔法、時空魔法に強化魔法の知識。そして、チート能力である『魔王殺し』の力。

これは、魔王と戦う際に力が増し、さらに魔王の魔石と核を取り込むことでその力の一部を得られるというものだ。

僕は過去に二度、魔王と遭遇して戦ったことがある。

そうなのだ。魔王というのは一体だけじゃないらしい。

多分、世界の脅威となる特殊な魔獣の総称が、魔王なのだ。その認定の基準は、まさに神のみぞ知るってところだ。

それでも僕は魔王を見分けられる。誰に言われたわけでもなく、見た瞬間に相手が魔王だと分かるのは不思議な感覚だったな。

一度目は、リュカイトスの樹海という魔境で修行中に出くわした、二足歩行の虎のような怪物だった。

ウェアタイガーとでも言えばいいのだろうか？　見たこともない魔獣だったが、一目見ただけで魔王であると分かった。

激しい戦いの末に、何とか勝利を収めた僕たちだったが、一歩間違えば全滅していてもおかしくはなかっただろう。実際、僕は大怪我を負い、ヒメナの聖魔法がなければ危険だった。マリカの樹魔法の援護がなければ、その前に死んでいただろう。

そのウェアタイガーの魔石と核を取り込んだ僕は、強力な再生力と身体強化の力を得ていた。それこそ、あのウェアタイガーと同じレベルの。

魔王に勝たねばならないという高いハードルはあるが、その力を得ることができるっていうのはまさにチートだろう。

一体目の魔王に勝利して、調子に乗っていたんだと思う。僕は、いつしか魔王の出現を待ち望むようになっていた。次に出会った魔王も倒して、その力を取り込んでやる。

自分たちが負けるだなんて想像すらせず、能天気にそんなことを考えていたのだ。

そして、二度目に出会った魔王が、あの竜だった。

迷宮から出現したという巨大な竜。とてもではないが入り口から出られるサイズじゃなかったが、そこは不思議な存在である迷宮だ。そもそも、迷宮から魔獣が現れるというのは、入り口から直接出てくるってわけじゃない。

迷宮の出入り口から漏れ出す魔力を媒介に、迷宮内から突如転移するように現れるのだ。だったら迷宮内の魔獣かどうか分からないじゃないかと思うんだが、その迷宮に出現する魔獣と同じ種類が姿を現すことが多く、迷宮から外に出てくると言われているらしい。

あの竜の場合は入り口の上空に巨大な魔法陣が出現し、そこから出てきたという。

迷宮と魔王にどんな繋がりがあるかは分からないが、間違いなくあれは魔王だった。

町を守るためにも必死に戦ったんだが……。

その結果は恋人たちの死。そして、領主からの心無い言葉だった。よほど殺してやろうかとも思ったが、あの騎士がいるせいでそれはできなかった。

竜との戦いで共闘した、恐ろしく強い騎士だ。正直、今の僕よりも強いかもしれない。それほどの剣の冴《さ》えと、戦闘勘だった。あの人がいる限り、領主に手出しはできないだろう。なんであれほどの腕がありながらあのクス野郎に従っているんだろうか……？

あの騎士の力を借りることができれば踏破は難しくないと思うが、まあ無理だろうな。

しかし、他の傭兵の力も借りられない。

この町で最も強いガイランドさんでさえ、僕にとっては足手まといだからだ。それが分かっているからこそ、ガイランドさんも力を貸すとは言わなかった。

「竜の核が残っていれば……」

チート能力によって魔王の魔石と核から力を得られる僕だが、魔石と核では内容が違っている。

魔石を取り込んだ際は、魔力の上昇。核を取り込めば能力が引き継がれる。

あの竜を倒した後、魔石は確保することができたんだが、核は手に入らなかった。

地面に落ちた竜に僕が近づくまでのわずかな間に、核を盗んでいったやつがいるのだ。どうやって核をピンポイントで狙えたのかは分からないが、間違いなかった。逃げるように遠ざかる気配があったのだ。

その時は泥棒だなんて思わなかったので、見逃してしまったが……。

竜の核から能力を得ることができていれば、ソロで迷宮を攻略できる確率が格段に上がったかもしれないのに！

「見つけたら、絶対に許さないぞ……。絶対に！」

もし発見したら、生まれてきたことを後悔するような地獄を与えてやる……。

◇◆◇

「にゃう！　天井のとこ、なんかいるです！」

「甘いにおい。おいしそー。シロー？」

今日も迷宮に食材を捜しに来ていた俺たちだったが、突如シロとクロが足を止めた。

シロが天井を指さすと、クロも鼻をスンスンさせながらその場所を見つめる。

「わかってるです！　とりゃぁぁ！　風刃！」

「おー、ないす」

シロの放った風刃が当たった場所をよく見ると、小さな穴のようなものがあった。そして、その中から何かが勢いよく飛び出してくる。

それは、まるで山葡萄《やまぶどう》のようだった。迷宮の天井から、貧相な山葡萄が生えている。

長い紐状《ひもじょう》の蔦《つた》に緑の葉、そして所々から生《な》る赤紫色の小さい果実が集まった房。まるでというか、まんま山葡萄だ。

だが、当然ながらただの山葡萄ではない。

天井からダラリと垂れ下がっている山葡萄は、魔獣の一種なのだ。

こいつの名前はマッドグレープ。植物系統の魔獣である。

この迷宮ではアシッド・スライムなどと同じように天井の穴に潜み、獲物が下を通ると一気に襲い掛かって巻き付くのだ。

ただ、目が良い方ではないらしく、シロがやったように魔法で衝撃を与えると獲物と勘違いして這《は》い出してくる。

それでも、普通なら厄介な相手なんだけどね。

非常に力が強いうえに頑丈で、葉や幹の棘《とげ》には毒も持っている。接近戦は非常に危険だった。

また、首尾よく倒せたとしても、毒の危険はまだ残る。美味しそうな山葡萄の実にも、毒が含まれているのだ。むしろ、こっちが本命なのだろう。

野生下では小動物に葡萄《ぶどう》を食べさせ、殺して養分にするのだ。

クロがこいつに気付くきっかけになった甘い匂いも、あえて発しているのだと思う。しかも、味も非常にいい。酸味なんか欠片《かけら》もない、甘く爽やかな葡萄なのである。

一粒食べたら天国行きの、激ヤバ毒葡萄だけどね。

俺たちも、最初はちょっとピンチだった。クロが蔦《ツタ》に捕らえられ、毒にやられかけたのだ。

まあ、今じゃ、ただただ美味しい獲物だけどね。

シロとクロも戦闘の意識はなく、完全に素材採取気分だろう。

威嚇するように蠢《うごめ》くマッドグレープを見て、腹を抱えて笑っているのだ。

「にゃははは！　ニョロニョロしてるです！」

「きもかわー？」

「えー？　可愛くないです！」

「ちょっとかわいーよ」

「クロ、変です」

「シロこそー」

魔獣を前にしてほのぼのとした会話だな！

遠距離攻撃もないし、この距離なら危険は全くないしね。それに、倒し方も完全に確立しているので、本当に素材を採取するだけの作業なのだ。

「シロ、葡萄に当てちゃダメだよー？」

「任せるです！　てえぇぇぇい！」

シロが遠距離から風刃を数発放ち、マッドグレープの蔦を切断していく。最後は根元を狙った風の刃により幹を切断され、マッドグレープが地面へとベシャリと落下した。

まだ蠢《うごめ》いているが、素早く動くことはもうできないのだ。

「いくです！」

「慎重に行くんだぞ？」

「りょー」

俺たちはゆっくりとマッドグレープに近づくと、その蔦にさらに攻撃を加えた。ただ、倒すための攻撃じゃない。

俺たちは剣やナイフを使い、慎重に葡萄の房を切り落としていった。元々数が多くないうえ、落下時の衝撃でいくつか潰れてしまっている。これ以上間無駄にできない。

全部で四房。実は三〇粒はないかな？　品種改良された地球の葡萄と違って、野生種のような姿だからね。房に生る実も非常に少ないのだ。

シロもクロも真剣な表情だ。なんせ、俺たちにとっては貴重な甘味だからな。しかも、超美味しい。

「トール！　お願いです！　味見するです！」

「おねがい」

「はいはい。分かってるよ」

俺はシロたちが持っている山葡萄の房に、解毒の魔法をかけた。こうすることで、激ウマ毒葡萄がただの激ウマ葡萄になるというわけだ。

我慢しきれず、葡萄の実をパクリと食べるシロクロ。

「にゃぅぅぅ！　あまーいです！」

「あまあまー」

ホッペを押さえながら、甘い葡萄に身もだえする二人。

本当に幸せそうだ。

「もう一つです」

「うまし」

味見って言ってたか？　どんどん減っていくじゃん。

まあ、残しておくほどの量もないし、ここで食べきっちゃってもいいけどさ。

口回りと手を赤紫に汚しながらニッコニコの二人を見ていると、止めるのもかわいそうだしね。

「トール！　はい、あーん」

「はいはい……。うん、甘くてうまいな！」

「あー、クロもー。あーん」

「あーん。うん。クロのも美味しいぞ」

「わう！」

おっと、俺まで夢中になるところだった。未だに蠢くマッドグレープの処理をしないと。

火魔法で焼けば、あっという間に灰になる。火魔法が弱点なのだ。ただ、遠距離から火で攻撃すると、房まで灰になってしまうので、まずは切り取り作業をしなければならなかった。

最後に穴の中に残った根っこにも火魔法を撃ち込めば、数秒で魔石が転がり落ちてくる。

これで討伐完了だ。

「さて、俺も――」

「にゃむにゃむ！　うまーです！」

「わふわふ！　おいしーねー」

「……なあ、俺の分は？　二つ分しか食べてないんだが」

「……はっ！」

「……てへー？」

こいつら、夢中になり過ぎて俺の分まで食べやがった！

俺にだって貴重な甘味だったのに！　下手に二粒食べたせいで、あの美味しさの余韻がまだ残っている。ショックがデカいんだけど！

「……お前ら、今晩のデザート抜き！」

「にゃぁぁぁ！　ごめんなさいですぅぅぅ！」

「わうぅ……。はんせーい」

ええい、シロ！　縋《すが》りつくんじゃありません！

クロはその反省ポーズ、前世で猿がやってたやつだから！　奇跡的に一致しちゃってるね！　全然反省してるようには見えんからな！

「にゃぁぁぁ！」

「わぅぅぅぅー」

左右から揺するなー！　シェイクされて、なんか気持ち悪くなってきたぁぁぁ！

◇
◆
◇

「ふぅ。目はどうだ？」

「はい。少しよくなった気がします」

「……そうか」

魔力を大量に失ったことによる倦怠感《けんたいかん》を覚えながら、俺はカロリナの目を覗《のぞ》き込んだ。

最初の出会いから二ヵ月以上。

全身に火傷の痕が残り、目もほぼ見えない状態だったカロリナに何度か治療を行ってきたが、どうにも改善が見られなくなっていた。

完治したわけじゃない。

目には白い濁りがほんのわずかに見られるし、肌の極一部にはまだケロイド状の赤い腫れが残っている。しかし、最近では聖魔法をかけてもほとんど効果が上がらなくなってしまった。

魔力を半分ほど消費したのに、よくなった気がする程度の効果しかないのだ。

どうやら、俺の聖魔法ではここまでしか治せないってことらしい。時間をかければ少しずつ治せるんじゃないかと思っていたんだが、限界があるのだろう。

ただ、カロリナは残念がるどころか、大幅に治してくれたと純粋に喜んでいた。

俺としては忸怩《じくじ》たるものがあるが、効果がないのではやりようがない。

患部を削り取って再度回復させれば治る可能性があるかもしれないが、カロリナに痛い思いをさせるのも躊躇《ためら》われる。そもそも、目を傷つけるとか、リスクが高すぎるんだよな。

火傷の痕も背中の一部だけなので、カロリナとしてはもう十分ということだった。

「でも、まだ腕とかは本調子じゃないんだろ？」

「それでも、仕事は十分できていますから」

体の外から分かる傷だけではなく、体内にもダメージがあったのだろう。それも完全には治り切っておらず、腕を動かす際に違和感が残るらしい。

「……また、くるから」

「はい。ありがとうございます」

カロリナはそう言って微笑《ほほえ》みながら、ちょっと大きめのトートバックくらいのサイズの袋を俺に差し出してくる。

俺が落ち込んでいることを察して、話題を変えてくれたんだろう。

「お塩とお芋と、頼まれていた粉が入っています」

「おお！　助かるよ！」

カロリナの気遣いを無駄にしないためにも、俺はあえて明るくその袋を受け取った。まあ、本当に嬉《うれ》しいしね。

中を覗くと、小さな袋が二つと、大量の緑芋が入っている。

袋の一つはいつも通りの岩塩だ。この町だと一番流通しているやつだろう。

もう一つは緑色の抹茶っぽい感じの粉だ。この世界にしかないショイルという、トウモロコシに似た作物から作られている。

ショイルの見た目は、短くて実まで緑のトウモロコシだ。

このショイル、トウモロコシと同じで家畜の餌用の堅い品種があるんだが、年によってはそれが余ることがあるらしい。ショイルが豊作で消費しきれなかったり、他の牧草の育ちがよく消費が伸びなかったりするんだろう。粉に加工してスラムや貧乏な庶民に出回ることになるということだった。味は酷いが値段が安いので、スラム民の中には結構使うことが多いらしい。

こちらの世界特有の食材だが、使い方もレシピもしっかりとインプットされている。安いなら試しに使ってみるのもいいだろう。ピタパンぽいのとか、硬めのパサパサパンケーキとか、主食になりうるのだ。色は緑だけどね。

「ショイル粉は、そのくらいでいいんですか？　安いので、もっと買えますよ？」

「ああ、まずはお試しだからこれくらいでいいんだ」

仕事が順調なカロリナにとっては、この程度は問題なく購入できる範疇《はんちゅう》になってきたらしい。いいことだ。

実際、彼女はもうスラムにはいない。町中にある貸家に移ったのだ。正直、俺から見ても古くてボロい家だが、以前の板を適当に打ち付けただけの小屋よりは数倍綺麗だ。

それに、元々の住人が竜騒ぎの最中に亡くなっており、賃料もかなり安かった。なんせ、この家の中で火事場泥棒に襲われて死んだらしいのだ。つまり、訳あり物件という奴だな。

命の価値が驚くほど軽いこの世界であっても、人が死んだ家というのは不吉で住むのに躊躇するものであるらしい。

だが、カロリナはその辺冷静なタイプだった。そもそも、訳ありだったとしてもスラムよりはマシである。

一応、俺が部屋の中に浄化をかけておいたので、よほど根性のある霊魂じゃなければ化けて出たりはしないだろう。ああ、化けて出るっていうか、アンデッド化して現れることはあるらしい。

ただ、魔力の少ない一般人ではほとんどアンデッド化する危険性はないらしく、地球よりもドライな考えであるようだった。

「あの、本当にそんなものでいいんですか？　もっといろいろ買ってこれますよ？」

「いやいや、お金稼げるようになったって言っても、まだ余裕はないだろ？」

「でも、小麦とかお砂糖とかもあるじゃないですか？」

「あー、そうだけど、まだ量優先で頼む。それに、治療費代わりとしてはこれで十分だ」

「そんなわけありません！　私がこれまで施していただいた治療を教会で頼んだら、どれだけお金を取られると思っているのですか」

教会で治療を受けていれば、カロリナが百年働いても返せないほどの金額になっていたという。

教会って相当暴利を貪《むさぼ》っているようだし、聖魔法を使ってやりたい放題なんだろうな。

ただ、俺からしたらカロリナとの繋がりは、金に換えられないものがあるのだ。

信用ができて、こちらのことを探ろうともせず、頼んだ品物はしっかり買ってきてくれる。俺たちの立場からしたら、奇跡のような存在だろう。

塩も芋も本当に助かっているのだ。

聖魔法をかけに来るくらい、安いものだった。

「まあ、俺が納得しているんだから、いいじゃないか」

「そうなんですが……。遠慮せず、何でも言ってくださいね！」

「あ、ああ。分かってるよ」

◇◆◇

「よし！　これで新しい寝具の完成だ！」

「にゃぁ！」

「わふー」

床に並べられた真っ白な毛皮に向かって、俺たちは同時にダイブした。

フカフカの毛が俺たちを受け止め、衝撃を殺す。凄まじい柔らかさと、圧倒的な包容力だ。

なんだろう、この全てがどうでもよくなる気もちよさは……。

「うぉぉ……」

「にゃぁ……」

「ふわぁ……」

俺だけではなく、シロもクロも蕩《とろ》けた顔をしているな。

あれだ、これは人をダメにしてしまうかもしれん。まさか、迷宮でこのレベルの毛皮が手に入るとは思わなかった。

きっかけは、ポイズンビーストの毛皮だ。

保存庫の機能で解体した後、肉や骨は有効活用していたが、毛皮だけはそのまま放置だった。

鞣《なめ》し作業のやり方とかは知らなくても、解体した毛皮をそのまま使えるわけじゃないということは知っていたのだ。防腐処理をしないと、すぐに腐るらしい。

ただ、床むき出しよりはマシだろうと思いつき、汚れや水分、脂肪を保存庫の機能で取り除いて床に敷いてみたのである。腐り始めたら処分すればいいやと思っていたら、ずっと腐らずに使えてしまった。二週間経過しても、腐敗臭はなく、一ヵ月経過しても毛がボロボロになる程度である。

やはり、腐敗臭はなかった。

異世界だからと言ってしまえばそれまでなのだろうが、この世界に腐敗という現象が存在しないわけではない。普通に物は腐るし、微生物もいる。

定期的に殺菌の術をかけているのもいいんだろう。

あと関係してそうなのは魔力だ。この世界には、地球と違って魔力というものが存在している。

魔力が豊富な食材は腐りにくいし、劣化もしづらい。俺の知識にはそうインプットされているし、この現象は食材だけに適用されるわけではないだろう。

食材と同じように魔獣を解体して出た毛皮なら、ほぼ確実に同じ法則が当てはまるはずだった。

つまり、より強い魔獣から得た、より魔力を多く保持できる毛皮であれば？　鞣し作業など必要とせず、敷物や寝具に加工可能かもしれなかった。

そう思いついてから、いい毛皮が取れそうな魔獣をずっと探していたのだが……。

先日、ようやく条件に合致する魔獣に遭遇できていた。それが、スリープシープという羊に似た魔獣だ。相手を昏睡《こんすい》状態に陥らせるガスを放出し、眠った相手を角で突き殺すという見た目に反してえげつない戦いをする。

肉はどうやっても抜くことができない臭みがあり、食用には向かないらしい。硫黄のようなにおいがあるそうだ。ただ、内臓は下処理をすれば美味しいようなので、そっちはホルモンとしていただけるだろう。

まあ、スリープシープに期待しているのは食肉ではないので、問題ないが。

「いいか？　毛には傷をつけず、頭部を狙うんだ！　シロは風の結界を」

「わかったです！」

「わふー、闇刃」

スリープシープの放つ眠りガスをシロの風で防ぎつつ、俺たちは魔法で攻撃を加える。

戦闘力自体は大したことがなかったらしく、クロの闇刃と俺の水針によって、その巨体はあっさりと沈んでいた。いや、俺たちからすれば巨大ってだけで、普通の羊と同じサイズかな？

あまり上位の魔獣ではないが、ポイズンビーストよりは上だろう。

しかも、洗浄する前からその毛はかなりフカフカだ。かなり期待できるだろう。

俺は保存庫の中でスリープシープを解体し、毛皮に分ける。皮つきなのでムートンってやつに近いだろう。このムートンからありとあらゆる汚れを取り除き、取り出した後にさらに浄化と殺菌の魔法で綺麗にしていく。

最後は風呂にお湯を張り、そこにムートンを沈めて皆で足踏みだ。

「踏んで踏んで踏みまくれー！」

「にゃー！　踏むです！」

「ふみふみー」

風呂嫌いのシロも、この作業なら大丈夫であるようだ。

クロと一緒に笑顔でバシャバシャ足踏みしている。

「にゃはははは！」

「わふわふわふわふ」

水遊び感覚だからだろう。お湯を跳ね散らしながら踊るように足踏みを続ける。

これは洗濯の意味だけではなく、まだ寄り集まっている毛を解きほぐし、繊維をバラバラにするための作業でもあった。お湯の中で白い毛がユラユラと揺らめき、ちょっと美しくさえ見える。

そろそろいいかな？

俺は作業を止めると、水も毛皮も一緒に保管庫へしまい込む。あとは水分と汚れを再度分離すれば、真っ白なフワフワ長毛ムートンの完成だ。一枚でも、俺たち三人が並んで横になる十分な大きさがある。

その毛の中にダイブした俺たちは、まさに幸せに包まれていた。

前世ですら、このレベルの毛皮にお目にかかったことはないだろう。本当に気持ちいい。

全身がフワフワに包まれ、ジンワリと温かい。

この寝具で寝たら、寝坊確定かもしれん……。でもまあ、いっか。決められた時間に何かをしなきゃいけない生活じゃないんだし……。

そんなダメ人間的思考をしていると、シロとクロの蕩けるような呻《うめ》き声が聞こえてくる。

「はわぁ～、きもちいーです」

シロは、ムートンに何度も頬をスリスリと擦りつけている。この滑らかな肌触りにやられてしまったらしい。

確かに、羊毛とは思えないほどにスベスベだからな。

ムートンとビロードの良いとこ取りって感じ？

「フカフカさいこー」

クロは仰向けに寝っ転がった状態で、ボインボインと跳ねている。

全身の力を使い、その場で体を上下に揺らしているのだろう。羊毛の弾力を楽しんでいるらしい。

いやー、想定を数段上回った毛皮が手に入ってしまったな。

カロリナのおかげで食生活は向上してきたし、こんな寝具まで手に入って、迷宮での生活が全体的に充実してきた。このまま、もっともっと魔獣を狩って、シロとクロのためにも安定して暮らせるようになりたいね。そのためには、このムートンはもう一つか二つ、予備が欲しいところだ。今後もスリープシープを見つけたら、絶対に狩ろう。

羊の毛皮に包まれながら羊狩りについて考えていると、左右からスースーという寝息のようなものが聞こえてきた。

「シロ？　クロ？」

「すーすー」

「すやー」

寝とる！　この短時間で？　早っ！

いやでも、気持ちは分かるぞ。メッチャ気持ちいいもんな。

「うーん、むにゃぁ……」

シロのやつ、涎垂《よだれ》らしてるじゃないか！　作ったばかりの寝具が汚れる！

「がうがう……」

クロはなんか毛皮ガジガジ噛んでるし！　何か噛みたいお年頃なの？　ち、違うものを噛んでくれ！　ほら、この余った皮の切れ端とか！

「にゃー……」

「わふー……」

あーでも、二人の心底幸せそうな寝顔見てたら、こっちも幸せな気分になってきた。

この寝顔を護《まも》るためにも、もっともっと強くならないとな。

そんな決意とは裏腹に、瞼《まぶた》が重くなってきた。こういう時、幼児の体だと欲求に抗《あらが》えん……。

もっと二人の寝顔を見てたいけど……。

おやすみぃ……。

第四章……悪意の迷宮

「おりゃ！　水針連弾！」

「トール！　やったです！　今夜は御馳走《ちそう》です！」

「わうー！　久しぶりの亀ー」

シロとクロを助けてから、一年の月日が流れた。

成長――はどうだろう？　肉体的には年齢相応に成長しただろう。三人とも身長は一〇センチくらい伸びたんじゃないか？

精神面は、まあ相変わらずって感じ？

ただ、迷宮に潜り続けたことで、全員がかなり強くなることができた。

魔獣を倒し続けることで体内魔力を増やし、使用可能な魔法も大幅に増えているのだ。俺も二人も今や初級魔術までなら一瞬で発動できるし、中級の魔術も上達した。

それに、身体能力もかなり向上している。俺も詳しくは分からないが、体内魔力と関係があるのだと思う。

どう考えても五歳児ではあり得ない動きが可能なのだ。

いや、獣人であるシロとクロなら可能性はゼロじゃないが、ヒューマンの俺がこの身体能力はあり得なかった。

普通に三メートルくらいジャンプできてしまうし、かなり重いものも軽々持ち上げられる。それに、五感もかなり鋭くなったのだ。

身体強化の魔法を使わずともそれらができてしまうのは、異常だった。ただ、その身体能力もあって、迷宮では危なげなく戦えている。ここしばらく、かすり傷くらいしか負っていないのだ。

正直、探索自体はさほど進んではいないけどね。

最初に発見した部屋を含む小部屋五ヵ所と、一番奥にある大部屋一ヵ所。そして、それらを繋《つな》ぐ複雑な通路。それが、俺たちの行動範囲の全てだ。

最初の三ヵ月ほどでここまでをマッピングし、後はずっとその範囲で活動している。

食材を得るだけならこれで十分だし、この範囲内でキノコや薬草を採取できる場所も発見したからな。

「メルムあったです！」

「キノコげとー」

「にゃう！　お芋もあったです！」

「おーいもー」

今いるのは、俺たちが大部屋と呼んでいる部屋だ。中央に植え込みのようなものがあり、ここには果樹のなる木が数本植わっているのだ。採取しても五日～一〇日くらいで復活するし、その根元には違う植物が生える。

今シロがもいだのは、メルムという林檎《りんご》に似た果実だった。食感も林檎である。ただ、味は甘みの薄いバナナみたいな感じなんだよね。まあ、俺たちにとっては貴重な甘味である。

果樹はずっと同じ物なんだが、野草類はランダム性が高かった。キノコや長芋、雑草と、毎回違うのである。ここが俺たちの畑というわけだ。

「それじゃ、帰ってこいつで何か作るか」

「スープ！　スープがいいです！」

「前に食べたのー」

「ああ、あれか」

今回倒したのは、パラライズトータス。強力な麻痺《まひ》毒を持った魔獣だ。サイズも姿も大型のゾウガメだが、可食部分は少ない。鱗《うろこ》や骨が大きく、肉が少ないのだ。

それでもコラーゲン豊富で、スープに入れると非常に美味《うま》かった。出現率が低いので、たまのご馳走なのだ。

来た道を引き返しながら、シロが背後を振り返る。

「まだ勝てないかな？」

「まだ無理だろ」

「そうです？」

「トールがゆーなら無理なんだよ」

「そっか」

「そー」

シロが気にしているのは、この先にいる魔獣のことだ。

俺たちに本気の迷宮探索を諦めさせ、状況の維持へと舵《かじ》を切らせた宿敵。初見時で全く歯が立たず本気で死にかけた相手、ヘルキマイラである。

部屋に踏み込んだ瞬間から、やつの放つすさまじい威圧感で動きが鈍ってしまった。その後魔術を放っても傷ひとつ付けられず、ヘルキマイラが放った火炎に恐れをなして全員で逃げ出したのである。ビビッて距離を詰めていなかったのが幸いしたが、かすっていたらそれだけで死んでいたことは間違いない。それほどの熱量だったのである。

どういった存在なのか分からないが、中規模の部屋の中央に陣取り、道をふさぎ続けているボスモンスターだった。

俺の知識によれば、高位の傭兵《ようへい》を何人も揃《そろ》えてようやく討伐するような化け物であるらしい。多少成長したとはいえ、俺たちには絶対に倒すことはできないだろう。

シロもクロもあの敗戦を悔しがっていて、いずれリベンジをしたいと考えているようだが、正直俺は反対だ。

あんなの、子供がどうこうできる相手じゃない。俺としてはこのまま迷宮で力をつけ、この町を出て他の場所で再出発をしたいと考えている。

実は金を少しゲットできたので、町への入場料などはどうにかなると思うのだ。

まあ、まともに稼いだお金ではないけどね。カロリナからせびったわけでもないよ？

一年前に発見した、上へと続く長い縦穴。あれはやはり落とし穴の罠《わな》だった。時折、ひっかかった傭兵が落ちてくるのだ。

死体は数日で迷宮に溶かされて消えてしまうが、その前であれば残っている。そう、俺の持っている金はその死体から拝借したものだった。

良くないこととは分かっているが、俺たちが生きるためだ。そう割り切って、色々と有効活用させてもらっている。

多くの傭兵が、食料や塩を持っているのだ。迷宮に入る際の基本準備なんだろう。その時、傭兵の小銭も一緒に頂いているというわけだ。

「にゃむ？　なんかいるです！」

「うー？　あそこの陰」

「アシッドスライムか。床にいるのは珍しいな」

アシッドスライムは、迷宮では時折見る魔獣だった。

初めて出会い、苦戦したあの日から一年。もう数えきれないほど倒してきた。

「シロがやるです！　光刃！」

シロが放った光の刃が、アシッドスライムを貫く。それで、終わりであった。もう、選択する魔法を間違えて、酸を飛び散らせてしまうようなこともない。

そもそも、接近される前にちゃんと気付き、対処できるのだ。

「麺ゲットなのです！」

「いえーい」

ハイタッチして喜ぶ二人。すっかり麺好きになったね。まあ、俺たちにとってはたまのご馳走だから、気持ちは分かるけど。

「さ、早く戻るぞ。俺は腹減ったよ。スープに麺もいれて豪勢にいこう」

「はいです！」

「はーい」

それから数日後。

今日はいつもよりもいい成果があった。まあ、正確には期待外れではあったんだが……。

「今日の宝箱はハズレだったな～」

「布いらないです」

「はずれー」

小部屋にいた変異個体のヴェノムラットを倒した俺たちは、久しぶりの宝箱を発見していた。

ここは、迷宮を発見した時に変異ポイズンビーストと戦った、最初の部屋だ。

あの時も宝箱を発見したが、それからも不定期に宝箱が出現することがあった。

その際、部屋に出現するのは必ず変異個体で、こいつを倒すと確定で宝箱が出現した。

出現は完全にランダムなようで、一ヵ月で再度現れることもあれば、四ヵ月近く音沙汰がないこともあるのだ。

また、宝箱は必ず三つとは限らなかった。一個しか出ないこともあるのだ。というか、最初が一番豪華だった。それ以降は、俺たちの感覚では一段も二段も落ちるアイテムばかりなのである。今回も宝箱は一つだけで、中には白く綺麗《きれい》な布が入っていた。折り畳まれているが、広げたら結構な大きさになるだろう。

良い布なのだろうが、俺たちに縫製技能はない。切って体に巻き付けたり、シーツ代わりに使うくらいしか使い道がないのだ。

これだったら、以前のような胡椒《こしょう》の小袋一つとかの方が遥《はる》かに嬉《うれ》しい。というか、宝箱の番人として現れる変異個体の素材の方がありがたかった。

今回倒した変異個体のヴェノムラットも、毒抜きをすればかなり美味しいと分かっている。

「久しぶりにステーキにでもするか。分厚いやつな」

「にゃう！　おっきいお肉です！」

「でも、塩だいじょーぶ？」

「ああ、こないだ傭兵から拝借したやつが残ってるよ」

「ならいー」

「すてきなステーキです！」

塩には、まだ少し余裕がある。その入手先は傭兵だ。

とはいえ、交渉して手に入れたわけじゃない。お金と同じで、落とし穴にかかった傭兵の遺体から頂いたものだ。

迷宮に吸収される前に拝借すると、不思議と消えなくなるのだ。所持者が移るからなのだろうとは思うが、不思議な現象である。

まあ、迷宮なんて存在そのものが不思議なんだから、そんなこともあるのだろうと納得しているが。

グチャグチャの落下死体から拝借した塩や保存食でも、シロとクロは気にならないらしい。皮袋に入っていて血に濡《ぬ》れてるわけじゃないんだが、人によっては口にしたくないという人もいるだろう。俺も最初はちょっと躊躇《ちゅうちょ》したもん。

「おっしおーおっしおー！」

「お塩のステーキー」

だがシロもクロも塩の出所《でどころ》は一切気にせず、今から分厚いステーキに思いを馳《は》せてご機嫌なのだ。

あと、傭兵の死体からは武具が得られることもあるが、こちらはあまり期待できない。

罠にかかるような傭兵は腕が良い方ではないらしく、身に付けている武具の品質もよくはない。

それ故、落下時の衝撃で壊れてしまうことがほとんどだった。何とか使えそうな布類でも、傭兵の血や体液で汚れてしまっていてちょっと使いづらい。

そもそも、クロとシロは一年前に発見した従者服を今でも着ている。防御力はそこそこでも、サイズ調整、自動修復、自動浄化の機能があって、メチャクチャ優秀だったのだ。

俺の装備は以前から着ている黒い服だが、そこに宝箱から発見した肩掛けマントを羽織っている。

これも二人の装備と同じで、サイズ調整、自動修復の機能があった。

浄化はないが、その分防御力が高いらしい。スライムの酸くらいなら弾《はじ》いてくれるのだ。そのおかげで、一度スライムの奇襲から命を救われたのである。

一応、傭兵から頂いた防具は幾つか住処に持ち帰ったが、ほとんど放置状態だった。

武器の中にも無事な物がたまにあるので、そっちも一応ストックしてある。ただ、傭兵は威力重視で大振《おおぶ》りの鈍器を使うことが多いので、俺たちでは使いこなせない物ばかりだ。

重すぎる鉄製のメイスとか、俺じゃ持ち上げるだけで一苦労なのである。

因みに今まで宝箱からゲットしたアイテムはこんな感じだ。

初回　短杖《じょう》、メイド服、見習い執事服
二回目　金属製の短剣、革の靴
三回目　砂糖の小袋、食器三セット、肩掛けマント
四回目　胡椒《こしょう》の小袋、高級葡萄酒《ぶどうしゅ》一瓶
五回目　闇の魔導書
六回目　大きな布一枚

最初と二回目は結構よかったんだが、三回目以降は少しショボイ。いや、ありがたいんだが、魔道具とかの方が嬉しいのだ。

因みに、二回目に手に入れた短剣は、魔力を流すと切れ味があがり、革の靴はサイズ調整、消臭の効果があるっぽかった。

短剣はシロ、靴は俺が使っている。その代わり、闇の魔導書に関してはクロにあげた。まあ、クロしか使えないってこともあるんだが。

これは読み込んでいくと精霊との親和性が上昇し、特定の魔法を教えてもらえるというアイテムだ。俺たちが手に入れたのは暗眼、闇盾という魔法を覚えることができる書だった。

完全な暗視に加えてゴーストなども視ることが可能となる術と、闇で魔力を弾く盾を生み出す術だな。どっちも下級の術だが、悪くない魔法だろう。

「次に出た魔獣はシロがやるです！」

「ずるい。クロもー」

「じゃあ、早いものがちです！」

「わふー」

勝手に決めちまいやがったな。変異個体じゃなければそこまでの危険はないし、いいけどね。

「ふっふふーん！　今日はステーキー♪」

「にくにくー」

「美味しくってほっぺ落ちちゃうですー♪」

「それはたいへーん」

二人の即興ソングが響く通路を、俺たちは先へと進んだ。

ズンタカズンタカとリズムに乗って歩き続けると、通路の途中で魔獣たちを発見する。三匹で並んでこちらを睨《にら》みつける、灰色の獣たち。中型犬サイズで、筋張った体。長い手足は、その敏捷《びんしょう》さを物語っている。

毒を持つ種類が多く出現するこの迷宮だが、その中でも最も多く遭遇するのがこのポイズンビーストだ。

今回のように群れることもあるが、だいたいは一匹で出現することが多いかな？　戦闘力は大したことはないものの、全身に含まれる毒が非常に強力だ。

まあ、今の俺たちにとってはお手頃な食材でしかないけど。

「うにゃ！」

「わう！」

シロが一気に跳び出し、クロがその場で右掌を突き出した。

シロはこの一年で身体強化と風魔術の精度を磨き、圧倒的な機動力を手に入れている。

壁や空を蹴り、三次元の動きであっという間にポイズンビーストに迫った。足の裏から風を吹き出すことで急加速したり、空中での方向転換を可能としているのだ。

俺も風を放つ術で真似してみたが、あれほど上手《うま》くは使えなかった。空中でのジャンプ一回だけならともかく、連続使用なんて絶対無理だ。バランスを崩してからの落下を五回ほど繰り返して、使いこなすことは諦めた。

俺と違って空中機動に適した術を使っているとはいえ、恐ろしいほどのバランス感覚だった。

そんな激しい動きを見せつけるシロとは逆に、クロは動かない。だが、それは肉体だけだ。

クロの内部では、激しく魔力が蠢《うごめ》いている。黒い魔力が微《かす》かに漏れ出し、彼女の褐色の肌を妖しく染め上げた。揺らめく灰銀の髪。

そして、その手から黒い刃が放たれる。覚えたての頃とは比らぶべくもなく、速く鋭く正確な攻撃だ。

それに射程も遥かに伸びた。まだ二〇メートル近く距離があるというのに、その一撃はポイズンビーストの頭部を正確に打ち抜いていたのだ。

頭に小さな穴が開き、魔獣がドサリと倒れ伏す。

それに遅れること数秒、次はシロの短剣がポイズンビーストを切り裂いていた。宝箱から手に入れた短剣と、冒険者の遺体から手に入れた鋼の短剣が、ポイズンビーストの四肢を切り裂く。

風を纏《まと》ったその刃は、驚くほどの切れ味であった。毛皮も骨も、豆腐のようにスパスパと切り裂くのだ。飛び散る毒液は風の結界で防ぎ、一切触れることもない。完璧な勝利である。

そして、最後の一匹は俺が頂いておいた。下手にどっちかが多く倒したら喧嘩《けんか》になるかもしれんしね。

俺が密《ひそ》かに放った水の針が、既にポイズンビーストの心臓を貫いているのだ。

それに気付いたシロとクロがこっちを見る。

「三人で一匹ずつだ。それでいいだろ？」

「にゃう！　いつの間に！」

「トールすごい」

俺も正確性や射程距離が伸びているが、何よりも上達したのが隠密性である。魔獣の中には魔力の動きを察知して、回避してくる奴も多い。

そんな勘のいい魔獣に当てるために、魔力をできるだけ隠すような発動方法を磨いたのだ。最近じゃ、相当察知能力が高い相手じゃなければ気付かれなくなってきた。

それでも、ヘルキマイラに勝てるビジョンは見えないけどな。

それに最近は、この辺の魔獣を倒しても魔力があまり上昇しなくなってきた。止まってしまったわけではないが、明らかに鈍化してきたのだ。

奴を倒すよりも、下水を出て外で活動する方が簡単かもしれないな。この町を脱出して、他の町へと向かうのだ。まあ、外の情報が必要だが、そこはカロリナに調べてもらえば何とかなるんじゃないかと思っている。

その後魔獣に遭遇することはなく、俺たちは住処へと戻った。魔獣の出現数にはかなり幅があり、多ければ五匹、少なければいない日もある。

これも何によって決まっているのか分からないんだよな。法則性は見つけられないし、多分ランダムなんだと思う。

「トール！　ステーキです！」

「わうー、ステーキ」

「はいはい。分かってるよ」

住処に戻ると、シロとクロが期待に目を輝かせながら詰め寄ってくる。身長が俺よりも高いから、威圧感凄《すご》いね。

こいつら、今日の探索中ずっとステーキのことで頭いっぱいだったっぽいし、仕方ないけど。ずっとステーキの歌を口ずさんでいたのである。

まあ、カサ増しでスープにすることが多いし、ステーキは特別感があるんだろう。それに、変異個体の肉は特別美味《うま》いし。前世で食べたA5ランク肉に匹敵するね。

「ステーキ……じゅるり」

「すてきなステーキ」

そんなじっと見られるとやりづらいんだけど。まあ、仕方ない。ササッと調理してしまおう。

どうせなら、超豪勢にいってしまうか。以前手に入れてチビチビと使っていた胡椒を多めにふりかけ、塩も一番品質がいい岩塩を選ぶ。

正直肉自体はあまり多くない。なんせ、小型犬サイズの鼠《ねずみ》だからな。それでも、腿《もも》や腹などから小ぶりな肉塊を六個ほど切り出すことができた。

保存庫の仕分け機能は完璧に解体してくれるから、全く肉を無駄にせずに済むのがありがたいのだ。肋《あばら》なんかはあえて肉を付けた状態で留めてあるので、そのうちスペアリブにでもしようと思う。

肉塊を網で焼きつつ余分な脂を落とし、大部屋で手に入れたパセリモドキを軽く振りかければ完成だ！　ミディアムレアだが、事前にしっかり浄化しているから問題ない。

ヴェノムラットの変異個体なんて、普通は猛毒を含んでいて食べられない。ましてやミディアムレアで食べようだなんて、なかなか考える人間は多くないんじゃないか？

人間の意識として、元々毒を含んでいる素材はできればしっかり焼きたいだろうし。ある意味、激レアな料理の完成なのだ。

〈『変異猛毒鼠のステーキ、穴倉風』、魔法効果：生命力回復・微、魔力回復・小、生命力強化・小、魔力強化・小が完成しました〉


「さてこれで――」

「できたです？」

「ステーキ？」

「うわっ！」

い、いつの間に背後に！　毎度毎度、気配消し過ぎだろ！　ああ！　そんな覗《のぞ》き込んだら涎《よだれ》落ちる！　クンカクンカするな！

「さっきとってきたメルムをむいてやるから、その間に準備しろー」

「フォーク用意するです！」

「クロはランチョンマットだすー」

◇◆◇

今日は、一人で下水の外に出ている。

外の様子を探ることに加え、迷宮では手に入らない食材を得ることが目的だ。

特に採取したいものがビネガーマッシュ、カセナッツである。この二種類は大部屋の植え込みでも見かけたことがなく、外で採取せねばならなかった。

特にビネガーマッシュは貴重な酸味なので、必ずゲットしたい。

今も付き合いがあるカロリナに酢を買ってもらうことも考えたが、無理だった。酢がメチャクチャ高いのだ。作り方を独占している組織があり、値段がつり上がっているらしい。

結局、俺の聖魔法ではカロリナの怪我を完治させることはできなかった。日常生活に問題はないが、仕事の効率は怪我する前には戻っていないようだ。

そのせいで生活費を稼ぐだけで精いっぱいで、高い酢や香辛料を買ってもらうことはできずにいる。まあ、塩や獣脂、安酒や芋、シロとクロの下着なんかを分けてもらうだけでだいぶ助かっているが。

「よし、気配も姿もこれで何とかなるか？」

迷宮で鍛えた魔法によって、気配を遮断する。さすがに完全ではないが、よほど耳を澄ませて気配を探っている相手でもなければ発見されない自信があるのだ。

まあ、相手が格上だったら、どうなるか分からないけど。

気配っていうのは結局、微かな音のことである。

歩く音、気流の音、心臓の音、筋肉や骨の音。一般人なら絶対に捉えられないそれらを、魔獣は察知している。

その鋭い五感から身を隠すため、俺の隠密は相当上達した。だが、それでも完璧に魔獣の感覚を誤魔化すことはできていない。

本当に微かな異変を感じ取っているんだろうな。こちらの世界の達人的な人間にも、同じことはできるかもしれない。

俺には無理だが、それができる人間はきっといるだろう。迷宮の外だと言っても、油断してはいけないのである。

それと、もう一つ隠さねばならないのは魔力だ。こちらも、闇魔法で隠すことはできる。闇を纏って身を隠す術があるのだ。これを使えば、わずかに漏れ出る魔力も遮断してくれた。

まあ、俺の場合は隠密用ではなく、料理の際に食材から無駄な魔力が抜けてしまうのを防ぐために使うんだが。本来の用途でも使用可能だった。

気配と魔力、双方を隠した状態でさらに人を避けながら慎重に進む。これで発見されたら、もう仕方がない。逃走一択だ。

そして、その可能性はゼロではなかった。そりゃあ、俺はチートを与えられてるよ？　でも、それはあくまでも魔法料理人の能力。生産職なのだ。

その力を戦闘に使っていても、本来は料理を作ることが専門の職業である。

それに、シロとクロの存在が、俺に慢心を許さない。

俺と一年間魔獣を狩り続けていたとはいえ、まだ五歳なのだ。それなのに凄《すさ》まじい成長速度により、圧倒的な身体能力を見せつけている。

壁走りに三角跳び、五メートル超えの跳躍力。

すでに、オリンピアンを超える脚力を発揮していた。クロもシロほどではないにしても、相当速い。

つまり獣人というのは、地球人の想像を凌駕《りょうが》する超身体能力を持っているのだろう。例えば、一〇年以上迷宮に潜っている手練《てだ》れの獣人傭兵だったら？

どれほどの強者《つわもの》なのか、想像すらできない。

他にも、エルフやらドワーフと言った異種族がいるらしいし、そいつらも驚きの能力を持っていておかしくはないのだ。

多少魔法が上手くなったとはいえ、俺なんてまだまだ弱い方だろう。調子に乗るわけにはいかなかった。

コソコソと動き回りながら、採取を行う。

「……よし、やっぱり外はいろいろ手に入るな」

そこらの雑草でも、俺の料理魔法なら調理可能だ。目に付いた可食素材をガンガン採取して、ドンドン収納していく。

さらに、俺は目的のビネガーマッシュもバッチリ発見していた。これは幸先がいい。

できればあと何本か見つけたいんだが――。

「あーあ！　いつまで獣人のガキなんて探せばいいんだよ」

「知らねーよ」

「！」

俺が隠れる茂みの横を、チンピラたちがダラダラと歩いていく。このままやり過ごそう。そう考えたが、チンピラたちの会話は聞き逃せない内容だった。

「獣人が珍しいのは分かるけどよぉ。一年だぜ？　もう死んでるに決まってんじゃねぇか！」

「だから知らねーって！　それでも探せって命令なんだから、仕方ねーだろ！」

やっぱり、シロとクロの話題だ！　え？　一年も探し続けてるのか？

このまま隠れていては、こいつらは立ち去ってしまうだろう。だが、会話をもっと聞きたい。情報が欲しいのだ。

俺は少々危険ではあるが、この二人の後をつけることにした。

とはいっても、声が聞こえる距離を維持しながら、後ろを歩いて付いていくだけだが。逆に堂々と、同じ方向へと歩いている風を装うのだ。今の俺は黒い服を着ているだけだし、どこにでもいる浮浪児に見えるだろう。

「定期的に探せって命令出るけどよ。もう探す場所なんてねーぞ」

「確か、下水まで探した奴らいたんだろ？」

「おう。下水の一番奥まで行ったけど、魔獣以外何も見つけられなかったってよ」

マジか？　下水にこいつらの仲間が来ていた？　気付かなかった……。

多分、俺たちが迷宮に潜っている間にやってきて、俺たちが戻ってくる前に帰っていったんだろう。マジで危なかった……。今後は、住処や迷宮への出入りの際にもっと気を配ろう。足跡とかも残さないようにしないとな。

「ただ、上の奴らは生きてることを確信してるみたいなんだよな」

「へー？　何か魔法でも使ってんのかね？　だが、珍しいとはいえしょせんは獣人のガキ二匹だろ？　そこまでムキになって探す理由が分かんねーぜ」

「……おい。知らされてないってことは、知る必要がないってことだぞ?」

「おっと、そうだな。知らねー方がいいこともあるか」

片方の男がやや怯《おび》えた様子で、肩を竦《すく》めた。

男たちはその後は無言で歩き始める。これ以上は後をつけても意味がなさそうだ。そう判断し、俺は密かに男たちから離れる。

まだ諦めていなかったとは……。シロとクロは何か特別な奴隷だったのか? でも、情報がなさ過ぎて推測もできないんだよな。

ともかく、これでまたシロとクロを外に出せなくなった。できれば日光を浴びた方が健康にいいんだがな……。

出入りをどこで見られるか分からん。これまで、何度か二人を連れて下水周辺での採取を行ったことがあるが、あれも相当に危険な行為だったのだ。

しかし、今のままの状態で、何年も隠れ続ける選択肢はなかった。シロとクロが健やかに成長するためにも、ずっとあの場所では暮らせない。

住めば都とはいうが、どう考えても子育てには向かない環境なのだ。

「何か、考える必要があるな……」

やはり、下水を抜け出し、外で暮らすにはこの町を出ないとダメだ。

治安が悪いうえ、シロもクロも追われているしな。

闇に紛れて脱出するにしても、出入り口などの情報が欲しい。そちらはカロリナに頼めば教えてもらえるだろうが、脱出すればそれで終わりというわけではない。

ここ以外の町へと辿《たど》り着くためには外の世界の情報が必要だし、子供三人で町や村に入れてもらえるかも分からなかった。それに、身分証的なものが一切ない俺たちでは、まともな職にありつけるかも不安だ。

この世界には傭兵がいるが、ファンタジー作品に定番の傭兵ギルドなんてものはないらしい。

いや、ギルドはあるが、全世界に跨《また》がる、誰でも身分を保証してもらえるお手軽組織ではないのだ。

どうやら、大きな傭兵の集団が情報面や戦力面で協力するための互助会みたいな物らしい。

他には迷宮に潜る傭兵を管轄する迷宮ギルドってのもあるようなんだが、こちらも身分証を発行してもらえるような機関とは違っている。

ようは迷宮管理所的な存在で、出入りする傭兵の名前を記録しつつ、雑貨を販売するような場所らしかった。迷宮が発見されたころは入場税の徴収なども行っていたが、今は無料で潜ることが可能であるようだ。

税金が絡んでいることからも分かる通り貴族の息がバッチリとかかっており、シロとクロを連れて行ったら一発で捕まってしまうだろう。

やはり町の外になんとか脱出して、身分証の必要なさそうな寒村辺りに身を寄せる？　そう上手くいくとも思えないが、このまま下水に住み続けるよりはましか？

とりあえず、何をするにしても戦闘力は重要だろう。もっともっと強くなれれば、安心できるんだがな……。

しかし、迷宮での成長は鈍化しているし、近いうちに頭打ちになるだろう。

迷宮のもっと深い場所まで行ければ強い魔獣相手にさらなる成長が見込めるかもしれないが、ヘルキマイラがいるせいでそれも無理だ。

いろいろなことを考えながらモヤモヤと悩んでいると、不意にあることを思い出した。

これを上手く使えれば、さらに強くなれる可能性があるんじゃないか？

なんでずっと忘れてしまっていたんだ！

俺は自分の思い付きにいてもたってもいられなくなり、住処へと急いで戻った。

その足で調理場に掛け込むと、そこで何をどうするか思案する。

「うーむ」

「トール、なにしてるの？」

「美味しいものつくるです？」

俺が調理場で考えを纏めていると、シロとクロが期待に満ちた目で見つめてきた。また新しい料理を作ると思ったんだろう。

でも、今回はそうじゃなかった。

いや、料理は作るんだけど、全体のビジョンすら固まっていないのだ。

「残念だが、まだ何を作るかも分からん」

「どーゆーこと？」

「分からないのです？」

「ああ。以前手に入れた、天竜の肉を調理できないかと思ってな」

一年以上前から死蔵していた、天竜の素材たち。

俺の魔力が足らず、全く食すことができずにいた。

だが、今の俺なら何とかなるんじゃないか？　そう思いついたのだ。

中級魔法の中でも、火と水は重点的に練習を重ねてきた。そのおかげで、短時間は維持し続けられるようになっている。きっと竜の肉にも火を通せるはずだ。

「りゅー？」

「おー、なんか言ってたかもです？」

二人には軽く説明したことがあったはずだが、すっかり忘れているらしい。まあ、その場で食べることができない謎の肉なんて、二人にとってはそんなものなんだろう。

そもそも、竜についてもよく分かってないみたいだしね。

「よしよし、綺麗《きれい》な肉だ」

取り出したのは、天竜の手を解体して手に入れた肉塊だ。

ずっと保存庫に入れていたため、一年前と変わらない新鮮さを保っている。

今なら分かるが、強力な魔力を秘めていた。この魔力が、普通の魔法では弾かれてしまう原因なんだろう。魔力を抜けば調理可能だが、それだと味も効能も消えてしまうらしい。

天竜肉は、食べた人間に力を与えると言われている。俺の料理魔法による鑑定でも、そう出ているのだ。

部位や調理方法によっては、失った部位を再生させるような治癒力も備えるらしい。

そんな特上食材の魔力を脱くなんて、勿体《もったい》なさ過ぎる。そもそも俺が天竜肉に目を付けたのは、竜の力を得ることでさらに強くなれないかと考えたからだ。魔力抜きをする意味がなかった。

竜肉を竜肉のまま調理するには、やはり中級以上の魔法が必要なのだろう。

「まずは切ってみよう」

最近気付いたんだが、保存庫の解体機能で肉を小さく切り分けるようなことはできなかった。あくまでも部位ごとに解体する機能であって、それ以上の細かい分類が難しいんだろう。

竜の手の肉から筋や脂を分離させたり、指と手の平、手の甲などに切り分けるまではできたが、それ以上はどうにもならなかった。

元が巨大なので、指一本でも大きすぎる。あとは自力で解体するしかないだろう。

弾力がありそうな赤身肉に対して、包丁を入れようとしたんだが――すぐに諦めた。

どうやっても包丁の刃先が入らないのだ。

竜としての高い防御力も残っているようだった。

「切れないのです？」

「竜すごー」

「ちょっと待ってろよ。風を纏わせて、こうして」

包丁に風の刃を纏わせ、なんとか肉を切ろうとするが、なかなか上手くいかない。結局、削ぎ切る感じになってしまったな。

歪《いびつ》な形の薄い肉三枚を、風魔法で貫通力を増した金串で突き刺す。その後は串を耐火の術で強化したうえで、魔法で生み出した火で炙《あぶ》った。

ちょっと料理とは言えないようなやり方だな。サバイバル料理でももう少しマシだろう。

それでも塩を振り、ある程度火が通ったら料理魔法が完成を教えてくれた。

〈『劣化天竜肉の炙り焼き、穴倉風』、魔法効果：生命力回復・微、魔力回復・微、生命力強化・微、魔力強化・微が完成しました〉

なんというか、残念な結果だ。最上級の素材を使ったはずなのに、効果が下級魔獣と同じである。名前にも劣化って付いてるし。

「さて、味はどうだ？　ほれ」

「にゃう」

「わふ」

焼けた肉を串ごとシロとクロに渡したが、二人は微妙な表情だ。あまり美味しそうな見た目じゃないしな。

それを皆で同時に口に含むが、誰も喋《しゃべ》らない。

「……美味しくないな」

「です」

「かたいー」

何というか、薄くて平たいゴム？　それになんか炭臭さみたいなものがあるし、旨《うま》みもほぼ感じられない。塩をかけていなかったら、呑《の》み込むのにも苦労していただろう。

生まれながらに粗食に慣れ親しんできた俺をして、人生一番の不味《まず》さだろう。それでも、肉を無駄にしてはならぬと本能が吐き出すことを拒否したのか、必死に噛《か》んで呑み込んだ。

「……もっと違う料理方法を考えるよ。二人はもう、あっちで遊んでな」

「わかったです」

「わう」

尻尾と耳がヘニャッとして、テンション急降下だな。悪いことをした。去っていく二人の悲し気な背中を見て、申し訳なさが湧いてくるぜ。

火力が不安定だったせいで、品質が劣化したっぽいよな。もっとじっくりと丁寧に火を通さないとダメなんだろう。あと、直火じゃない方がいいか？

取り出した肉塊を観察する。

魔獣っていうのは、皮膚や鱗、骨などが異常に太く厚いので、取れる肉はわずかだ。特に竜はその傾向が強いらしく、体の大きさに対して可食部位がかなり少なかった。

それでも、もともとが俺の体よりも大きい、竜の手から切り出した肉だ。鱗や骨、余分な部分を除いてもかなり大きい。指一本分でも、二、三キロはある。

その中でも特に肉質が柔らかそうな手の平の部分を選び、風の中級魔法を使ってできる限り同じサイズに切り分けた。

俺の拳大の肉塊を六つ作り出すと、大鍋に魔法の水や薬味とともに投入し、じっくりと煮込む覚悟を決める。

鍋と竈《かまど》に耐火を施し、後は中級火魔法を同じ出力で維持し続けるだけだ。いや、だけっていうか、それが一番難しいんだけどね。竈の前で胡坐《あぐら》をかき、ひたすらに集中する。この一年で大幅に増したはずの魔力が、凄まじい勢いで減っていくのが感じられた。

久々に魔力が枯渇しそうだ。

五分後。俺は疲労困憊《こんぱい》になりながら、鍋を保存庫に収納した。時間経過がない保存庫にしまっておいて、魔力が回復したら取り出して再び煮込む。

これを何度も繰り返せば、長時間煮込み続けたのと同じになるって寸法だった。

「問題は、何度繰り返せばいいか分からんてところだな」

何日かかることやら……。気が遠くなるぜ。

◇◆◇

竜の肉を煮込み始めてから五日。

朝に煮込み、夜に煮込み。戦闘や拠点への出入りをシロとクロに任せ、料理にできるだけ多くの魔力を使い続けてきた。

まあ、シロとクロだけでもこの辺での狩りは問題ないし、変異個体が出なければ危険もほとんどないからね。

一緒に迷宮に入ったけど、結局数回しか魔法を使わなかったのだ。

「シロ、クロ。二人が頑張ってくれたおかげで、ついに完成したぞ！」

「おー！　ついにー」

「完成したのです？」

「そうだ！」

「？」

「？」

シロもクロも首を傾《かし》げている。完成といいつつ、竈の上に置かれた鍋から匂いがしないからだろう。途中で相当強い香りがしそうだったから、風魔法で匂いを遮っているのだ。

「今よそってやるからな」

「！」

「！」

風魔法を解除した瞬間、二人の耳と尻尾がピーンと立った。気持ちは分かる。俺も少し匂いを嗅いだだけで、表情がだらしなく緩んだからな。

〈『天竜肉の煮込み、穴倉風』、魔法効果：生命力回復・中、体力回復・中、魔力回復・大、生命力強化・中、体力強化・中、魔力強化・中、竜の魔力・微が完成しました〉

凄《すご》いな。多分、魔法効果が全部ついてるんじゃないか？　しかも、中以上ばかり。初めて見たぞこんなの。

ただ、最上級素材の天竜肉を使っても大効果が一つしかついていないのは、俺の魔法の腕の問題だろう。中級魔法の出力が微妙に安定していなかったことと、いちいち保存庫にしまっていたことが影響したんだと思う。

それでも、十分に美味しそうだから今は完成したことを喜んでおこう。

気になるのは、竜の魔力っていう効果だろう。

竜の魔力を具現化し、料理に宿らせたものであるらしい。わずかでも、竜の力を体内に取り込むことが可能とある。効果が微で、どれほどの力が取り込めるのかは分からんけどね。

「トール！　早く食べるです！」

「たべよー」

おっと、考え込んでる場合じゃないな。

「すまんすまん。ほれ。シロの分」

「にゃー！」

「クロも」

「わうー！」

二人のお気に入りの器に、肉とスープを盛ってやる。

俺が土魔法で作った器だが、下水の外で見つけてきた粘土を魔法で素焼きして、それなりに使える作りをしている。シロの器には猫が、クロの器には犬のマークが彫りこまれていた。

煮込みは、見ているだけで涎が止まらなくなりそうだ。

一緒に入れた野菜類は全てスープに溶け出し、白濁色のスープと竜肉だけになっている。トロトロのスープはそれだけでも破壊力抜群だ。そこに、弾力のある竜肉がプルンと載っかっている絵面は、暴力的ですらあった。

「くんくんくんくん！」

「くんかくんか」

待て状態の二人が、器に鼻を近づけてスープの匂いを嗅ぎ続けている。真顔で匂いを吸引し続ける二人はちょっと怖かった。

トリップ寸前？　ともかく、これ以上待たせてはかわいそうだ。

「それじゃ、たべようか」

「いただきます！」

「いただきます！」

超早口のいただきますからの、超速のかっこみ！　普段は行儀悪いって注意するけど、今日は見逃してやろう。

俺も気持ちは分かるからな。

「うみゃぁぁぁ！」

「うーまーいー」

「しゅごい！　トール！　これしゅごい！」

「クロのほっぺ落ちてない？」

一口食べるごとに、大騒ぎだ。

クロなんて、本当に頰《ほ》っぺたを押さえて幸せそうな顔をしている。シロも興奮を抑えきれないようで、急に立ち上がっては座ったりと忙しい。

ただ、二人が騒ぐ理由も分かるな。

俺もズズーッとスープを啜《すす》ってみたんだが、その美味しさに一瞬手が止まる。

「うまっ！」

メチャクチャ美味い。脳髄に刺激が走るような美味しさって言えばいいのか？

口に含んだ直後、暴力的な肉の旨みが口の中に広がり、舌に脂が絡みつく。甘く、コクがあり、それでいて全くしつこくなかった。ただただ旨《うま》い。

地球にいたときですら、これほど美味しいスープにはなかなかお目にかかれなかった。星が付いていたお店のコンソメスープ級？

こちらも手が込んでいるとはいえ、コンソメスープほどではない。それでタメを張ることができるというのが、天竜肉のポテンシャルの証《あかし》だろう。

もっと魔法の腕前が上がって、完全に使いこなせるようになったらさらにおいしくなるのは間違いない。

いやいや、これよりも美味い？

今から楽しみだ。

そんなことを考えている間にも、俺の器は空になっていた。

「あれ？」

いつの間に？　思わず器を二度見してしまったぜ。一瞬、シロとクロを見てしまった俺は悪くない。

そんくらい美味しかったんだもん。

マジで、無意識に食べ続けていたようだった。

「うにゃ……」

「もーない……」

シロとクロは空になった器をペロペロと舐《な》めながら悲しい顔をしている。こっちをチラチラ見ているのは、お替わりを貰《もら》えないか期待しているからだろう。

だが、ダメだ！　こんな美味いスープ、食べようと思ったら無限に食べられちゃうじゃないか！

残っている一食分、この勢いで食べきってしまうのは勿体なさ過ぎる。

あんなに時間をかけてようやく作ったんだからな！

「……メルムで満足しておきなさい」

「にゃー……」

「わふー……」

メルムを見て残念そうな顔をするとは、贅沢《ぜいたく》な！　まあ、俺もちょっと物足りないから、叱らないけど。

それに、食べているうちにメルムの甘さに満足したようだ。

笑顔で果実をシャクシャクと齧《かじ》っている。

だが、三人の手がほぼ同時に止まった。

「……はっ」

「にゃうっ……」

「……うぅ」

胸が苦しい。血が凄まじい勢いで血管の中を流れ、体温が急上昇するような感覚が全身を包んでいた。心臓が痛いほどに強く脈打っている。

これは、なんだ……？

シロもクロも同じ状況なんだろう。椅子から立ち上がれず、胸を押さえて呻《うめ》いている。

同時に、体内魔力が急激に上昇するのが分かった。

そうなのだ、明らかに魔力が増えたのである。

これが、竜の魔力の効果？

次第に動悸《どうき》が収まり、苦しさが消えた時、俺たち三人は一気に体内魔力が増えていた。俺の感覚的には二割は増えたと思う。

一年かけて少しずつ増やしてきた魔力が、たった一回の食事で二割増？

今までの料理ではあり得なかった、凄まじい効果だ。

天竜の肉を食い、その力を取り込むことに成功したってことなんだろう。ただの肉でこれなら、より魔力の高い眼球を食べたらどうなるんだ……？

「シロ、クロ。痛いところとかないか？」

「ないです！」

「すっごい元気」

軽く汗をかいてはいるが、本当に痛みはないらしい。

それどころか、凄まじく高いテンションだ。どうやら、魔力が増えたことで興奮状態らしい。

魔力もほとんど全快したし、もう一度狩りに出られそうなほどだ。

「まさか、これほどの効果があるとは……」

天竜肉恐るべし！

これ、次にカロリナに会った時、食べさせてあげようかな。回復効果で、体がよくなるかもしれん。

それくらい、竜の魔力の効果はすさまじかった。

「またたべたいです！」

「りゅーうまー」

強くなれたから――ってわけじゃないね。普通に美味しさが忘れられないようだ。

でもなぁ。これだけ効果が高い料理を連続して食べていいもんかね？　薬と同じで、効果が高過ぎたら体に負担がありそうなんだよな……。

「とりあえず増えた魔力に慣れたらな」

「ちょっとだけぇ！」

「ひとくちー」

そんな目で見てもダメ！

「にゃぅ……」

「わぅ……」
ダ、ダメなものはダメ！
「だったら修行するです！」

「しゅぎょーして、はやく慣れる」

今でも結構厳しめの修行をしているというのに、さらに？　す、すごい食欲だぜ！

◇◆◇

天竜肉を食べてから五日後。

残りの天竜肉の煮込みも食べ、さらに魔力を増した俺たち。

そこで、さらに強くなるために、俺は新たな天竜料理に取り掛かっていた。

作る料理自体は、同じような煮込みだ。だが、使う材料が違う。それは、俺と同じほどのサイズがある巨大な眼球だった。

正確には、眼球とその周辺器官だ。

硝子体や水晶体といった眼球内の部位だけではなく、視神経や血管、その先に繋がっていた謎の器官の一部なども一緒にちぎれてくっついてきている。

雑味や臭みを取るためには、これらを取り除く方がいいのは分かるが、それだとかなり勿体ない。なんせ、天竜の素材は血の一滴ですら、強い魔力を秘めているのだ。そこで、色々とレシピを漁った結果、むしろそう言った雑味になる部分もすべて投入してしまうことにした。

その中には、天竜核と呼ばれる部位も含まれている。天竜の部位の中でも、特に強い力を秘めた部分の一つだ。核は頭部に存在していたらしく、眼球と一緒に俺の保管庫に仕舞われていたのだ。

天竜核を用いた料理は、それこそエリクサーのような凄まじい効果を発揮するという。

まあ、今の俺はそこまで凄い効果は引き出せないだろうが。あまりにも含有魔力が強すぎて、俺には扱い切れないのだ。正直、ここで使ってしまうのは勿体ない。だが、あえて使う！

数年後の凄い素材よりも、今俺たちの力を底上げすることが必要だからね。キッチリと効果を引き出せずとも、素材として含まれているだけで煮込みの魔法効果を上昇させてくれるはずだ。

五日間かけて取った竜骨の出汁に、竜の眼球周り、天竜核、竜の血、竜の手から取り除いておいた脂や筋なども全てぶち込み、塩と砂糖、トウガラシモドキなどを大量に投入だ。

後はもう、雑味が旨みに変わるまで延々と煮込み続けるだけである。

ホルモンの煮込みに近い発想だろう。臭み取りはしていないが、新鮮な素材なので大丈夫なはずだ。多分。

とはいえ、これは天竜肉の煮込み以上に時間がかかるだろう。魔力が上昇したので中級魔法を一〇分くらいは維持できるようになったが、それでも数週間はかかるだろう。しかも、最低でもだ。

俺の勘がそれ以上の時間が必要だと囁《ささや》いている。

気が遠くなるが、俺はやる気だ。

五日経って、天竜肉の煮込みによって上昇した魔力が一時的なものではないと確信が持てたのである。時間経過で魔力が下がってしまうことがなかった。

つまり、竜を食べて得られる力は、本人の血肉となって残るということだ。

さらに完ぺきな天竜料理を作れば、もっと強くなれるだろう。

その力があれば今の停滞した状況を打破し、シロとクロに未来を与えることができるかもしれない。

そのためにも、焦《あせ》らずじっくりと調理を成功させねば。

それからは迷宮で狩りや採取をしつつ、住処では天竜素材を煮込み続ける日々だ。

シロとクロと遊んだりもしたし、外へ採取にもいった。それでも毎日休まず、魔力切れになりながらも俺は煮込み続けた。

ただ、一〇日経っても、二〇日経っても、一ヵ月経っても完成しない。ひたすら火魔法を維持しながら、鍋をかき回し続ける日々だ。

正直、そろそろモチベーションが……。

感覚的に、もう少しで完成だとは分かるんだが、少しばかり――いや、かなり飽きてきたのだ。

そこで、今日は久しぶりに全力で狩りをすることにした。最近はシロとクロに任せきりになってしまっていたしね。

「お！　久々に見るデカ蟹《かに》だ！」

「蟹です！　絶対倒すです！」

「うまうまカニー」

俺たちが発見したのは、毛ガニくらいのサイズの蟹たちだ。

毒々しい紫色の丸っこい蟹が三匹、通路の端に固まっている。見た目は可愛《かわい》くさえ見えるが、その生態は全く可愛くない。

名をトキシッククラブといい、口から毒の泡を吐き出す殺人蟹《がに》であった。浴びただけで即死することはないが麻痺毒も含んでいて、動けなくなった獲物を生きたまま食らうという恐怖の蟹である。

当然、その体にも毒が含まれていて、しかも泡とは違う成分の毒なのだ。こいつの身を少しでも食べると、泡を吹いて死に至るらしい。

解毒のおかげで、俺たちにとってはただのご馳走だけどね。

それにしても、この迷宮は毒を持った魔獣ばかり出現するな。毒持ちじゃない魔獣の方が珍しいのだ。これもまた、この迷宮が不人気な理由だろう。

道中の魔獣を倒しても食料が得られないのであれば、長期の攻略は難しい。それに、持ち帰っても毒素材ではなかなか売れないだろう。

薬になる毒もあるだろうが、それを活用できる腕がなければ意味がない。腕があっても、大量に購入してくれるかはまた別だ。狩りなどに使うことは可能だろうが、それではやはり肉が食えなくなる。

結局、魔石以外に旨みがないというわけだった。

まあ、そのおかげで俺たちは他の冒険者に出会うことなく、迷宮に潜り続けることができているんだが。

「せっかくだから三人で協力して倒してみようか」

「どーするです?」

「どーじこーげき?」

同時攻撃でもいいけど、それじゃ協力攻撃とは言えないだろう。やったことはないけど、もっと魔法を組み合わせるような方法がいい。

「シロ、あいつらの動きを止めながら、一ヵ所に集められるか?」

「おまかせなのです!」

シロの風魔法によって生み出された旋風《つむじかぜ》に、トキシッククラブたちが絡めとられる。その体が風に煽《あお》られて持ち上げられ、そのまま一か所に集められた。

そこに、俺が生み出した水が覆い被《かぶ》さり、水柱の中に三体の蟹が閉じ込められる。

「クロ! 火魔法で、あの水を熱くできるか? 俺も手伝うから」

「おー、やるー」

火魔法には熱を上昇させるような魔法もあり、水を沸騰させるような使い方も可能だ。敵を熱したりもできるんだが、生物を熱で焼き殺すような使い方は難しかった。

熱伝導率の違いだけではなく、生物は魔力を持っているせいで非常に抵抗力が高いのだろう。熱操作で倒すなら、火をぶつける方が遥かに魔力消費が少ないのだ。

今回は俺の生み出した水だから、そこまで苦労はしないはずだ。

「あつあつになれー」

「よし！　沸騰してきた！」

普通の生物よりも生命力が高いとはいえ、相手は下位の魔獣。沸騰したお湯に三分近く閉じ込められれば、ひとたまりもなかった。

「いーにおい」

「おいしそーです！」

「確かに」

真っ赤に茹《ゆ》で上がった蟹が、いい匂いを周囲に振りまいている。まあ、まだ解毒してないからかぶりついたら死ぬけど。

食事スイッチが入ってしまった二人を宥《なだ》めながら、俺は蟹を収納して先へと進んだ。ちょっとやり過ぎたが、協力攻撃は上手くいった。

組み合わせ次第では、いろいろできそうだ。

そんなことを考えながら、小部屋へと足を踏み入れ――――。

「！」

「っ！」

「う！」

全身に鳥肌が立った。

肌が粟立つ感覚というのは、こういうことを言うんだろう。凄まじいプレッシャーに、足が動かない。

「あぅ……」

「えぅ……」

シロとクロも、俺と同じだった。

部屋の中央を見つめながら、固まってしまっている。

あれは、なんだ？　悍《おぞ》ましいほどの威圧感を放っている。あんな不気味で恐ろしいもの、見たこともない。

「黒い……なんだ……？」

地面に映る影がそのまま実態を得たかのような、黒い黒い存在がその場に佇《たたず》んでいた。

黒い影。

そうとしか言いようがない漆黒の塊が、そこにはあった。

大きさは、成人男性くらいだろうか？　だが、その何倍にも思えてしまう。それほどに威圧的で、恐ろしかった。

俺もシロもクロも、完全に足が止まってしまっている。

怯《おび》えのせいだ。

久しく覚えたことがない、体の芯から震えるような恐怖心。

それが俺たちの体を締め付け、完全に動きの自由を奪っていた。

指一本動かすことができない。

ああ、恐ろしい。

なぜか分からないが、ただひたすらに怖い。

心の中が恐怖心に埋め尽くされ、何も考えられない。

「……ぁぅ」

荒い息が、勝手に漏れ出す。心臓の動きがはっきりと感じられるほど、鼓動が速くなっている。

その音に反応したわけではないだろうが、影の動きがさらに激しくなった。

そして、不定形だったその輪郭が、一気に定まった。

人だ。

影が人の形を取っていた。

目も口も何もないはずなのに、それが明らかに俺たちを見ているのが分かる。全身を這《は》い回る不快な感覚は、なんだ？

「うに……」

「わふ……」

シロとクロの口から、微かに息が漏れ出した。その吐息が、悲鳴のように聞こえる。

それを聞いて、俺は脳の痺《しび》れが一気に取れるような感覚に陥っていた。

思考の霧がわずかに晴れる。

俺は、何をしてる？　シロとクロを守ると誓ったんだろ？　それなのに、一緒になって怯えて、何やってるんだよ。

馬鹿野郎が！　保護者失格だ！

自身に対する怒りが、恐怖心を塗り潰す。

少しだけ戻ってきた冷静な部分が、俺の体を突き動かした。

料理魔法と知識をフル回転させ、影の情報を得ようする。

だが、何も分からない。

食用ではないのだろう。

分かるのは、凶悪なまでの魔力だけだ。

「……」

影が反応した？　俺の料理魔法で情報を読み取られたことを理解したのか？

顔がないはずの影が、なぜか嗤《わら》った気がした。吐き気がするほどのプレッシャーが、俺の精神を圧迫する。

敵意？　違う。俺たちなんか、敵とも思われていない。

悪意？　それも違う。やつはこれから行うことを、悪いだなんて一切思っていない。

害意？　そうだ。それが一番近い気がする。やつは俺たちを害そうとしている。それは間違いなかった。

そう思った直後、俺はシロとクロを振り返ってその体を強めに押す。そして、叫んだ。

「逃げるぞ！」

「！」

「！」

これまでもずっと、俺が逃げると言ったら即座に逃げるようにと言い聞かせ続けてきた。その結果、二人の体は無意識でも反応するまでになっていたんだろう。

恐怖を浮かべた顔のまま、シロもクロも踵《きびす》を返そうとして――。

「ひっ！」

「ひぅ」

影が一瞬で俺たちの背後に回り込んでいた。いつ動いたのかすら分からなかったのだ。高速移動？　転移？　どちらにせよ、逃げられないと悟った。

逃げられない以上は、戦うしかない。

シロとクロを守るために！

「燃えろ燃えろ！　盛んに燃えろ！　業火円舞！」

俺が今使える中で最も強力な、火魔法を発動させる。ダメージを与えつつ、火炎で視界を塞いでやる！

だが、俺が放った中級火魔法は、影が腕を一振りしただけであっさりと吹き散らされていた。それどころか、その腕が長く伸び、襲い掛かってきたではないか。

「くっ！」

俺は土魔法で壁を作ろうとしたが、間に合わなかった。

鞭《むち》のようにしなる影の腕に体を打ち据えられ、吹き飛ばされた。胃液が自然と口からぶちまけられ、食道がヒリヒリと痛む。床を転がるせいで、全身が痛い。

痛いところがないくらいだ。

意識が遠のきそうになるが、俺は何度も頭を振って堪えた。意識を繋ぎ留め、影を見上げる。

すると、クロとシロが影に躍りかかる姿が見えた。

「闇刃！」

「うにゃぁ！」

激怒した横顔が見える。歯をむき出した、感情むき出しの顔だ。

だが、すぐに彼女たちの姿が掻《か》き消えた。背後の壁から、鈍い音が二つ聞こえる。

「がぅ……」

「にゃぐ……」

俺と同じように、腕で弾き飛ばされたのだ。

体を硬い壁に叩《たた》きつけられ、シロもクロも起き上がれない。

「く、そ……」

なんで、こんな理不尽な……。こんなところで、死んでたまるか……。

俺もシロもクロも、これからなんだぞ……。

それが、こんな……。

痺れる体に鞭打《むちう》って、立ち上がる。

諦めないぞ！　俺は、絶対に……！

魔法を発動させるため、体中から魔力をかき集める。

その刹那、影の胴体が急激に膨れ上がった。

影が爆《は》ぜ、分裂し、無数の黒が溢《あふ》れ出す。影は触手となり、シャワーのように俺たちに襲い掛かっていた。

俺は一切反応することもできず――。

「うぁ……」

喉や体を触手によって貫かれた。

◇◇◆◇◇

Side　アレス

「ふぅぅぅ」

魔獣の群を処理して、一息つく。

今殲滅《せんめつ》したのは、スズメバチのような姿のヴェノムシューターだ。小さいながらも、その毒は容易に人を殺す威力がある。

出現するどの魔獣も戦闘力はさほど高くはないんだが、毒や酸が油断ならない。中には、倒した後も毒が残留したり、普通には回復できない毒を持っている魔獣も存在する。

それに加えて、凶悪な罠の数々だ。

定番のワイヤートラップや、足元のタイルがスイッチになっている罠だけではなく、魔力を使ったセンサーみたいな罠があるのには驚いた。

聖魔法に加え、高い斥候の技術がなければ攻略はできないだろう。

あまりにも、人を選び過ぎる。

だが、それこそが僕に希望を与えてくれる。より難しければ難しいほど、与えられる恩恵は増すのだから。

だが、何ヵ月も迷宮の攻略を進めてきたけど、未だに最下層には届かない。

そろそろ食料や薬類が底をつくし、一度補給に戻らないといけないかな?

「風呂にも――！」

迷宮が震えた。

いや、実際に揺れたわけじゃない。しかし、強烈な魔力が迷宮を走り、震えたように錯覚したのだ。

何が、あった？　また魔王でも出現したのか？

そう思ってしまうほど、その魔力は凶悪だった。

かなり離れているだろうが、鳥肌が止まらない。

発信源は、どれほど酷《ひど》いことになっているのだろうか？　迷宮内で災害が発生したのか、本当に魔王が誕生したのか？

ともかく、異変が発生したことは間違いなかった。

「急いで一度戻ろう」

迷宮の悪意に呑み込まれないうちに。

迷宮を神の試練場だとか、恩恵だっていう人は多い。被害を受けた人は否定的な意見を言うけど、多くの人間は肯定的に捉えているだろう。

でも、迷宮に潜る人間から言わせてもらえば、それは間違っていると思う。

少なくとも、善意の存在じゃない。

その根底には悪意が渦巻いているのだ。それは間違いなかった。

多くの恩恵で人を誘い、食らう悪意の顎。

ビギナーズラックなんて言う言葉もあるが、迷宮では実際にそれが起きる。初めて開けた宝箱にいいものが入っている確率が異常に高いのだ。そこで味をしめさせて、より奥へと誘っているんだろう。傭兵なら、感覚的に分かっている事実だった。

それが、迷宮だ。

その奥底に女神様の像がある理由は分からないが……。

願わくば、今回の異変がより一層の悪意の発露でありますように。そうだったなら、きっと迷宮はさらに成長し、その恩恵は強くなる。

恋人たちを生き返らせるという目的のためには、迷宮の悪意が増す方がありがたいのだ。

「もっともっと成長しろ。迷宮よ」

僕のために悪意を肥大化させ、僕のために狩られろ。

◇◇◆◇◇

Side　カロリナ

「あ……」

雑貨屋から外に出た直後、私は何かにぶつかってよろめいた。

買ったばかりの小瓶が手から滑り落ち、カシャンという軽い音が響く。素焼きの瓶は、地面の上で無残な姿をさらしていた。

天使さんに調味料をお分けする時に使おうと思っていたのに……。

私は、ぶつかってきた相手を見た。

こんな道の端っこをあんな速度で歩いてくるなんて、マナーがなっていません。文句の一つでも言ってやろうと思ったんですが……。

「！　申し訳ありません！」

私は即座に謝罪の言葉を口にし、その場で両手両膝を突きました。

目の前にいたのは、二人の騎士だったのです。

見た目からは、貴族騎士か戦闘騎士かは分かりません。

貴族騎士は、爵位を親から受け継いだ代々の騎士。戦闘騎士は、自身の力で叙爵された成り上がり。でも、どちらにせよこの町の騎士でまともな人間なんていないというのが、住人たちの共通認識でしょう。

以前はマシな騎士もいたんですが、そういう人たちは竜に挑んで死んでしまいました。

残っているのは、竜と戦うことから逃げ出した卑怯者《ひきょうもの》か、元々戦場に出るつもりがない腰抜けだけなのです。

貴族騎士なら平民を人間だなんて思ってもいないでしょうし、戦闘騎士なら粗暴で凶悪。どちらにせよ、最悪です。

私はただひたすら、地面に頭を擦《こす》りつけました。何度か殴られるくらいで済んでくれるでしょうか？

「あー、お嬢ちゃん？」

「申し訳ありません！　申し訳ありません！」

声をかけてくる男性騎士に対して、ひたすら謝り続けます。

どうせ何を言ったところで、不興を買うのですから。

ああ、天使さん。せっかく助けてもらった命ですが、こんなところで無駄にしてしまうかもしれません。

「だからもっと道の真ん中を歩けと言ったではないですか」

「だって、店が少し気になったからさぁ」

「また飴玉《あめだま》ですか？　太りますよ？」

「うへぇ」

いつ殴られるかと思って震えていましたが、一向に暴力が加えられる気配はありません。

それどころか、騎士たちで何やら言い争いを始めました。

片方は、珍しい女性の騎士であるようです。

灰色の髪の毛をショートボブにした、失礼かもしれませんが可愛らしい感じの女性ですね。背は私よりも低いかもしれません。鎧《よろい》を着ていなければ、騎士には見えないでしょう。高価な眼鏡をかけていますし、貴族騎士の方かもしれません。

ただ、私を見る目に憐《あわ》れみの色がある気がしました。あり得ないですが、いい人なんでしょうか？

女性に対して言い返す私とぶつかった男性は、覇気のない声をしています。適当に撫《な》でつけた茶色の髪をポリポリとかきながら、困った顔で肩を竦《すく》めている様子は、とてもこの町の騎士とは思えません。

もしかして、咎《とが》められたりしない……？

はっ！　いけません！　見ていることがバレたら、機嫌を損ねてしまうかも！

私は再びひれ伏しました。そんな私の後頭部に、二人の声が降ってきます。

「我々は市民から恐れられているのですから、気を付けてくださいよ？」

「分かってるよ」

「分かってないから言っているのではないですか！　竜騒ぎで少しは覇気を取り戻したと思ったの

に……。ともかく、約束の時間はもう過ぎているのですから、急ぎますよ！」

「はぁ、面倒だな」

「領主から迷宮も探索範囲に入れろと言われたからには、断れないでしょう！　そういう契約なんですから！」

「分かってるさ……」

「そりゃあ、私だって子供の捕縛なんて、やりたくありませんが……」

「仕方ないよ。犬っていうのは、飼い主の命令にさからえないもんさ。じゃあ、待たせても騎士長殿がうるさいし、そろそろいこうか」

「待ってください！　この女性を放っておくつもりですか！　あなた、もう立ち上がっていいですよ。ああ、割った壺《つぼ》は弁償しますから」

え？　弁償？　本当にこの町の騎士なの……？　もしかして、弁償すると言っておいて、お値段を言ったらそんな高いわけがないって手討ちにするとか？　以前、似たようなことがあって、斬られた人がいたはずです！

でも、ここで下手に固辞したら、やっぱり怒り出すかも……。

「だ、大丈夫です！　ただの安物ですから！　そ、それでは私はこれで！」

「あ、ちょっと――」

女性が何か言っていますが、ここは逃げるが勝ちです！

それに、私は見てしまいました。

すれ違いざまに、男性の昏《くら》い目を！　昏い昏い、絶望に侵されたあの目……。あれは、覚えがあります。竜の日に焼かれた、大勢の人々。彼らと同じ目です。死にたいと思っていた、私も同じ目をしていたでしょう。

そんな目を、男性はしていました。

あの女性は、優しい方なのかもしれません。この町の騎士にしては、奇跡的にまともな人なのでしょう。

でも、あの男性は……。

ダメです。いけません。アレは、自分にも世界にも何も期待していない目。大事なものなんか、何もない目なんです。そんな人は、何だってしてします。だって、自分ですらどうでもいいんですから。

他者なんてもっとどうでもいいはずです。

あんな目をする人、できるだけ早く距離を取らないと！

火傷《やけど》の痕が痛みます。でも、今はそんなこと言っている場合じゃありません！

「はっ……はっ……！」

男性の目がまだこちらを見ているような気がして、私は角を曲がったあとも走り続けます。

不吉なものを振り切るように。

あの女の人、子供の捕縛って言ってましたか？

迷宮で子供を捕まえるって、そんなことあり得ますか？　そもそも、子供は迷宮に入ることなんて無理です。すぐに死んでしまうでしょう。それでも大丈夫な子供……。

「天使さん……」

◇◇◆◇◇

熱い。

貫かれた喉や胴体が、異常に熱い。

そして、一瞬遅れて凄まじい激痛が襲い掛かってきた。

なんだよこれ！　痛い！

耐えられない！　うあああぁぁぁあっ！

痛い痛い痛い痛い痛い！

熱くて痛くて！　どうにかなりそうだ！

咄嗟《とっさ》に聖魔法を使う。

「うあぁぁ……！」

喉の痛みがわずかに引き、かすれたような絶叫が迸《ほとばし》った。ああ、叫んでいたつもりだったけど、上手く声が出てなかったのか……。

俺の聖魔法じゃ、これ以上は癒やせない。ほんのわずかに痛みは引いた気はするが、それだけだった。

火傷するかと思うほどに熱い血が手や顔を濡らし、意識がだんだんと白く濁っていく。意識を失えば、この痛みから逃れられるのか……？

しかし、聞こえてきた叫び声が、俺の意識をギリギリ繋ぎとめる。

「うにゃぁぁ！」

「わうぅぅぅ！」

やめろ！　逃げるんだ！

そう口にしたくとも、声は出ない。

ただ、首を上げ、見つめることしかできなかった。

激昂《げっこう》したシロとクロが、かつてないほど強力な魔法を放つ。

だが、シロの風刃も、クロの闇刃も、影には全く効かなかった。

魔法は影の体をすり抜け、飛んで行ってしまう。

そして、影の姿が再び大きく変化する。

影の左腕が急激に膨れ上がると、まるで巨大な竜の頭部のように変形したのだ。

ガパッと開かれたその漆黒の顎は、まるで獲物を見つけて舌なめずりをしているようだった。

揺らめく竜の首が、凄まじい速度でクロに向かって伸ばされる。

クロは躱《かわ》そうと身を捩《よじ》るが、追いかけてくる影の竜からは逃げることはできない。

「ぎゃう……！」

次の瞬間、クロの右腕に繰り竜の頭が食らいつき――赤い血が舞っていた。

クロは悲痛な悲鳴を上げながら、大きく弾き飛ばされる。地面を転がるクロに右腕はなく、傷跡から流れ落ちる大量の血が地面を赤く染め上げた。

影の腕が竜へと変貌したのとほぼ同時に、頭部が大きく膨張する。

頭部から床に向かって伸びる細い針のような無数の触手は、まるで日本画に描かれる幽霊の髪のようにも見えた。

漆黒の触手が意志を持つように蠢き、一斉にシロに襲い掛かる。四肢を拘束されたシロの顔に、触手が殺到した。

「にゃぁぁぁぁぁぁぁ！」

シロの悲鳴とともに、その左目があった場所から血が噴き出す。

それでシロに興味を失ったのだろうか？　グッタリとしたシロの体が、触手によって投げ捨てられた。

「うが……クロ、シロ……！」

二人とも、地面に倒れたまま動かない。まるで時間が止まったかのように。

しかし、流れ出る血は着々と陣地を広げ、ゆっくりと動き続けている。

赤い血は、命だ。

二人から流れ出る、命なのだ。

失われていく、二人の残り時間。ああ、あんなに赤い……。

なんで……。

せっかく、奴隷じゃなくなったのに……！

二人の人生は、これからだったのに……！

黒い影が再び震えた。表面が動きだす。

このままじゃ、とどめを刺され――。

「くふふ……。素晴らしい精神力。素晴らしい才能。贄《にえ》に相応《ふさわ》しい」

影が、喋った？

こいつ、喋れたのか！

しかも、その声は涼やかな女性の物だった。こんな場合じゃなければ、聞き惚《ほ》れていただろう。人の物とは思えない、蠱惑的《こわくてき》な声。

「印を刻んでおこう」

印？

俺がそれ以上の疑問を思い浮かべる間もなく、胸元に鋭い痛みが走っていた。何かが突き刺さったのかと思う、一瞬の激痛。

背筋を反らして、呻《うめ》くことしかできない。

だが、この痛みのせいで、完全に意識がはっきりとしたぞ。

俺は首をぎこちなく動かし、影を見上げた。

相変わらず、目も口も鼻もない。

しかし、俺には影がこちらを見て、ニタリと笑った気がした。

「生きていたら、迷宮の奥でまた会いましょう？」

まるで耳元で囁かれたかのようだ。

はっきりと聞こえた。

そして、影は綺麗さっぱりと消え去っていた。最初からそこにいなかったかのように。

しかし、俺たちは全員が死にかけている。

流す赤い血は、幻ではなかった。

助かったと安堵《あんど》する間もなく、死神の足音が俺たちにヒタヒタと迫っているのが分かる。俺は気力を振り絞って何とか立ち上がると、クロに近づいた。

なんだ？　クロの胸元に黒い模様が……？

いや、今は回復が先決だ。

「なお、れ……！」

聖魔法を使うとわずかに血が流れるのが遅くはなるが、それだけだった。

しかし、それでもかけ続けなくては、クロが死んでしまう。俺はポーションを取り出すと、それも振りかけつつ治癒を願った。

「なおれ……なおれ……なおれっ……」

同時に、水魔法でクロの体を持ち上げ、できるだけ静かに動かす。

シロの下へ行くのだ。

片方だけしか救えないなんて、絶対に許さない。

俺は、二人とも助ける。絶対に！

クロをなんとかシロの横まで移動させると、二人に対してひたすら魔法を使い続けた。

さらに思いついたのが、以前作り置きしておいた料理だ。

取り出したのは、ポイズンビーストの変異個体のスープ。魔法効果に、生命力回復が付いていたのである。

これを飲んだら？

まずは自分で飲んでみる。すると、喉や胸の傷から流れ出し続けていた血が減った気がする。やはり、生命力回復効果が働いてくれたようだ。

このスープを上手く飲ませられれば……！

「シロ、クロ、頼む……。飲んで、くれ」

血を失い過ぎてふらつく体と意識に鞭《むち》を打ち、俺は二人の口にスープを近づける。だが、飲まない。飲むだけの体力がない。

口の隙間に入れても、吐き出してしまう。それでも、わずかに飲むだけでも違うはずだ。そう信じて、俺は聖魔法を使いながらスープを二人の口へと運び続けた。

自分でもスープを飲み、意識を途切れさせないようにする。

流れ落ちて地面を濡らす方が遥かに多いのだが、わずかなりともスープの効果が発揮されたらしい。

シロとクロの容体がわずかに安定したように思えた。大量に流れ出ていた血は止まったし、苦痛の表情も和らいだのだ。そうなれば、さらにスープを飲んでくれる。

俺も痛みがかなり消えてきた。

しかし、完全に回復したわけではない。傷はまだ残っているし、薄皮のようなもので何とか血が止まっているだけだ。何かあれば、またすぐに出血するだろう。

それに、血を失い過ぎているうえ、内臓などのダメージも残っているはずだ。意識も未だに戻らない。

即死は免れたというだけで、俺たちが未だに死にかけであることに変わりはなかった。

この場でさらに傷を癒やし続けたいところだが、俺の精神がもちそうもない。

聖魔法を使い続けながらも気を張って魔獣が来ないか警戒し続けていたせいで、自分でも分かるほど精神が消耗していた。

この迷宮に出現する魔獣には、二種類のタイプがいる。まあ、俺が勝手に名付けて分類しただけだが。

まずは小部屋の中に出現し、そこから外に出ない守護者タイプ。こいつは、絶対に小部屋の外には出てこない。

以前、カマキリ型の魔獣にクロが大けがを負わされた時、部屋の外へと退却したら逃げ切ることができたのだ。

ただ、部屋の外から攻撃を加えた時点で縛りのようなものが解除されるらしく、迂闊《うかつ》に挑発などをしようものなら延々と追いかけられることになる。それで一度、危険な目に遭った。

また、部屋の入り口からは見えない位置に隠れていることがほとんどで、通路から先制攻撃は難しい仕様である。

もう一つが徘徊《はいかい》タイプ。こいつは守護者型と違って通路だろうが小部屋だろうが、移動することが可能だ。

小部屋の魔獣よりは弱いことが多いが、その分追跡能力に優れている場合が多い。

俺が今恐れているのは、この徘徊タイプの魔獣だった。

血の匂いに誘われて、この部屋にやってくる可能性があるのだ。

正直、満身創痍《まんしんそうい》の俺が勝てるかどうかは未知数である。雑魚ならともかく、強い魔獣に発見されたら？

それに、俺はある話を思い出していた。

それは、迷宮の悪意と呼ばれる、謎の魔物の話だ。

両親の会話を聞いただけだが、その話の内容があの影に当てはまることに気付いたのである。

どんな姿で現れるか分からず、どんな姿にも変身する、誰にも倒せない謎の存在。

目を付けた迷宮挑戦者を追い回し、致命傷を与えて去っていく。

そして、同時に呪《のろ》いを与えるのだ。

黒い呪いの印を刻まれた人間は、迷宮の中で魔獣により狙われるようになり、生き延びたとしても一年後に不自然な死を遂げるという最悪の呪いである。

致命傷に加え、死の呪いだ。

迷宮に潜む悪魔が人に絶望を与えて楽しんでいるとか、邪神が絶望を集めているとか、様々な説があるらしい。

あの影は、間違いなく迷宮の悪意だろう。

傭兵は迷宮で命を落とすことを悪意に喰《く》われると言うらしいが、俺たちは本当の迷宮の悪意に出会ってしまったのだ。

「……！」

なんで俺たちなんだよ……。

ただ静かに暮らしていただけなのに……。

ともかく、この場を離れなければいずれ魔獣に襲われる。

できれば、迷宮を脱出したいが……。いや、したいじゃない。するんだ。絶対に脱出して、生き延びる！

「くぁ……」

やはり、動くとまだ全身が軋《きし》む。

それでも俺は歯を食いしばり、土魔法を発動させた。二人の体の下が盛り上がり、荷台のようなものがシロとクロをそれぞれ持ち上げる。

土生成と土操作を合わせ、本来は竈などを自在に生み出す術だ。これを応用すれば、攻撃や荷運びにも使用できた。

「はっ……はっ……」

維持するために集中するが、それすら俺を消耗させる。荒い息が吐き出され、目が痛んで霞《かす》んだ。

それでも、これを維持し続けなくてはならない。

俺はシロとクロを揺らさぬように、静かに歩き出す。

目指すのは迷宮の外。

一歩一歩、確実に。絶対に、シロとクロを助けるんだ。

土魔法に聖魔法、周囲の警戒、魔力を使い過ぎているのが分かる。

時折スープを飲んで魔力を補給するが、腹がタプタプで飲めなくなってきた。魔法効果として魔力回復が付いているが、一口飲めば効果が発揮されるわけじゃない。いや、効果は発揮されるが、それは一口分のわずかなものでしかないのだ。

これは、住処まで魔力も体力ももたないか？

それでも俺は、進み続けた。挫《くじ》けそうになる心を叱咤《しった》し、気力を奮い立たせる。

「うぉぉ……」

俺は、思い出したのだ。わずかな希望を。

なぜ、多くの傭兵が迷宮に潜るのか？　それは攻略者に与えられる恩恵が理由だ。

迷宮を踏破し、最下層に安置されている神像に祈ると、願いを一つだけ叶《かな》えてもらえるらしい。

死病や欠損も癒やし、どんな呪いでも解除してもらえるそうだ。寿命を延ばしたり、竜と殴り合いができるような肉体を得た者もいるという。

これはただの噂《うわさ》ではなく、本当に起こる奇跡であった。料理に関係ないと思うんだが、なぜかこの話が本当であると確信できる。神様の与えてくれた知識に、この恩恵の情報がしっかりと含まれていたようなのだ。

重要な話だから、言語などと共にインプットしてくれたのだろうか？

ともかく、その恩恵があれば自分たちの死の呪いも解除可能なはずだ。

子供に、迷宮の踏破なんて到底無理なのかもしれない。ましてや、俺たちは呪いによって、あと一年しか生きられない、
だが、それでも、希望があるなら足搔《あが》いてやる。

何が何でも、生き延びるんだ。

俺は自分にそう言い聞かせて、気力を奮い立たせた。希望に縋《すが》っていなければ、心が折れてしまいそうなのだ。

「生きる……んだ……」

通路を抜け、壁に穴を開け、下水を進む。

だが、こんな時に限って、魔獣が姿を現した。

呪いの効果で、引き寄せられているのか？

「く、そ……」

根っこの魔獣、ガブルルートだ。いつもなら雑魚だが、今の俺には荷が重い。水魔法を使おうとすると頭が酷く痛んだ。

無理に魔法を使おうとするときに出る症状である。上級の魔法を使おうとしたら同じような痛みが出たので、諦めたのである。

それでも、これほど凄まじい痛みは初めてだが……。

「がぁあっ！」

痛みがなんだ！　こいつを倒さなきゃ、シロもクロも、死んじまうんだぞ！

いいぜ、迷宮の悪意よ！　俺は、絶対に負けない。必ず、生き延びてやる！　生き延びて、呪いを絶対に解く！

そのためにも、ここでこんな雑魚にやられてる場合じゃないんだよぉ！

「うあああっ！」

食材ごときが、俺たちの邪魔をするなぁ！

制御に失敗した水の針が、球となってガブルルートを吹き飛ばした。体が粉々にちぎれ飛んでいる。

今は、これでいい。

「シロ、クロ、もう少しの、我慢だぞ……」

絶対に、助ける……！

そのまま住処へと向かって再び歩き出したんだが……。

住処の手前で土の荷台が崩れ、壊れてしまっていた。シロとクロが、下水の通路に投げ出される。

なんとか水路に落ちることは防いだが、ここからどう運べば……。

俺が悩んでいると、二人の瞼《まぶた》が震えた。落ちた衝撃で意識を取り戻したらしい。すまん、二人とも……。

「うにゃ……？」

「わう……？」

「二人とも、大丈夫か？」

「ぁ……」

「う……」

ダメだ。気絶からは回復したが、意識はまだ朦朧《もうろう》としているらしい。

しかし、俺が手を貸せば何とか立ち上がり、フラフラと歩くことができた。本当にわずかずつではあるが。

残り十数メートルの道を数分かけて進み、なんとか住処へと戻ってくることができた。そのまま二人を寝床へと誘導し、横たえる。

全員が疲労困憊だ。しかも、これで助かったわけじゃない。外敵の恐怖から解放されただけだ。

俺の聖魔法では、これ以上の回復は望めない。

スープも同じだ。延命されるだけだった。

いや、延命にも足りないか？

シロとクロの心音が、弱くなってきた気がする。顔色も、真っ青だ。

薬草を探す？　どこかでポーションを手に入れてくる？　シロとクロを助けるためなら、後ろ暗い手段に訴えることも厭《いと》わない。どんなことだってやってやる。

でも、時間が――。

マズい、だんだんと意識が遠のき始めた。

出血し過ぎたか？　この状態で外に出たって、何ができる……？

そこで、俺はあることを閃《ひらめ》いた。

思考能力が低下した今の俺には、もうこれ以上の案は思いつかない。

「……これが、完成したら……」

俺が取り出したのは、いまだ完成していない天竜の眼の煮込みである。

竈の上に叩きつけるように鍋を置いた俺は、ありったけの力と願いを込め、魔法を発動した。

なんでもいい、この料理を完成させるための火を……！

先ほど以上の凄まじい頭痛と、全身から血の気が引くような感覚とともに、竈に火がついた。それは、黒い火だ。

黒い？　なんで？

まあ、いい。火ならなんでも同じだ。とにかく、料理を――。

魔力が枯渇寸前で、意識が飛びかけている。このままでは、マズい。

俺は残った魔力をひねり出し、魔法の火を維持し続ける。

そして数分後、魔法料理魔人としての知識が、料理の完成を教えてくれていた。

〈『天竜核の濃縮スープ、穴倉風』、魔法効果：生命――力回復・大、魔力――力強化・大、体力強――魔力強――竜の魔力・極――〉

料理魔法が与えてくれる情報も、頭に入ってこない。

ただ、凄まじい魔力を放っていることは分かる。

俺はそのスープを少々乱暴に深皿へとよそい、シロとクロの元へと運んだ。

「シロ、クロ」

「うに……」

「ふぁ……」

スープの放つ暴力的な香りが、二人の感覚を刺激したんだろう。目を開けて、俺が床に置いた深皿を見る。

眼球も他の内臓も血もわずかな肉も、全てが琥珀色《こはくいろ》の液体に溶け込んで、具材は一切ない。半透明の美しいスープが、並々と注がれているだけだ。

しかし、魔力をそのまま注いだのかと思うほど、深皿の液体は濃密な力を放っている。

「にゃ……」

「わう……」

死相が浮かぶ二人の顔にあって、スープを見つめるその目だけが爛々《らんらん》と輝いていた。生物としての本能が、このスープを求めているんだろう。

だが、飲む前に、言っておかねばならない。

「これを飲んだら、助かるかもしれない。でも、体が耐えきれず……死ぬかもしれない」

「！」

「？」

天竜核、それは竜の素材の中でも特に強い力を秘めている。万能薬にも勝る効能を持ち、大いなる力を与えてくれる代わりに、肉体が耐えきれずに死ぬ者も多い。

このスープは、天竜核の名前がしっかりと付いている。つまり、伝承の通り力を得て生き延びるか、耐えきれず死ぬか、分からないということだった。俺も、天竜核の名前が付くことは想定外だった。自分の調理技術では扱えないと思っていたからな……。

だが、シロもクロも、その顔に恐怖心はない。

「のむ……」

「うん……」

もう、頷《うなず》こうとしても微かにしか首が動かない。しかし、その顔には強い決意が浮かんでいた。

どうせ放っておいたって自分は死ぬ。それが分かっているんだろう。

「……分かった」

シロもクロも、もう皿を持つ力も残っていない。

俺は二人の顔の横に、皿を置いてやった。

「「「……」」」

三人で一瞬見つめ合う。

そして、誰からともなく頷きあうと、俺たちは同時に皿に口を付けた。

もう、スプーンを使うことすら億劫《おっくう》なのである。

いただきますも何もない、無言の食事。助かるかどうかも分からぬ、賭けのような行為だが、もうこれしか俺たちには希望がないのだ。

最初は空気を含んだ、ズルズルという液体を啜《すす》る音が聞こえていた。

わずかでも飲めば、わかる。自身の魔力が回復していく。急速な回復が激痛を与え、俺たちは誰もが顔を顰《ひそ》めていた。

それでも、スープを飲むことはやめない。やめられない。

危険な薬物に依存しているかの如く、このスープを飲み続けずにはいられなかった。

もう二度と、他のスープを美味しいなんて感じることがないんじゃないか？　そう思えるほどに、美味い。

自身がスープを勢いよく嚥下《えんげ》する音が聞こえる。ゴクリゴクリと、自身の食道を液体が流れ落ちていく。

ああ、もう器が空に――。

「！」

「？」

「！」

胃が焼けるように熱い。

何かが昂《たかぶ》る。

俺たちの体の中から、魔力とも生命力とも思えない、何か不思議な力が湧き上がってくる。

いや、湧き上がるだなんて生易しものじゃない。

力が、噴き上がり、迸《ほとばし》る。

「があぁぁぁっ！」

「にゃあああああぁぁぁぁ！」

「がうぅぅぅぅぅう！」

全身が痛い！

このメキメキという不快な音は、なんだ？　俺の中から、聞こえてくる？　骨が軋《きし》む音？　筋肉が割れる音？

黒い影に殺されかけた時よりも、遥かに痛い！

苦しみに耐えきれず、口からは絶叫が放たれてしまう。

「あがぁぁぁ……！　シロ、クロ……」

「にぃ……」

「うぅ……」

横を見れば、二人がいる。だから、俺の心は折れない。シロとクロも、必死に生きようと抗《あらが》っているのが分かるからだ。

自然と、俺たちの手が伸びた。

そして、三人の手が重なり合う。

それだけで、頑張れる。俺たちは一人じゃないのだ。

「あぐ……」

「にゃ……」

「わぅ……」

全員で、生き延びてやる。

だが、その決意とは裏腹に、痛みはよりその辛《つら》さを増していった。

俺もシロもクロも、その場に倒れ込んで背を弓なりに反らせてひたすらに絶叫する。

それしかできないのだ。

「「「うああぁぁぁぁぁぁ！」」」

自分の叫びなのかシロとクロの叫びなのかも、もう分からない。子供の叫び声と、肉体が立てるメキメキという音だけが聞こえてくる。

体が、まるで作り変わるような――。


「「「ああ――！」」」

エピローグ

どれほどの時間が過ぎただろうか？

いつの間にか暗転していた意識が、覚醒した。

急激に痛みが引き、精神が浮上する。

妙に、視界が開けた感じだ。天井の埃《ほこり》までよく見える。それどころか、何もしていなくても空気中を漂う魔力が薄っすらと見えた。

「たすか――うぷっ……！」

腹の中――いや胸の奥から何かがこみ上げる。凄《すさ》まじく熱い――。

「うぅ……っぷね！」

何とか耐えたぞ……！

まだ胸がムカムカしている、凄まじい吐き気だった。スープの副作用か？

今の俺の呻《うめ》き声で、シロとクロも目が覚めたらしい。二人とも目をこすりながら身を起こすが、その姿に俺は声を上げずにはいられなかった。

「シ、シロ！　なんだその目！　クロは、腕が！」

「にゃう？　目？」

「わう！　ク、クロの腕、へん！」

シロの左目は、それまでの猫っぽい目とは明らかに違っている。縦に割れた瞳孔に、太陽のような赤金の瞳。どう見てもそれは爬虫類《はちゅうるい》の眼だった。

俺がスープに使った、天竜の眼にそっくりである。

スープを飲んで目が再生する代わりに、竜の眼に変異した？　そんなこと、あり得るのか？

だが、実際にあり得ないことが起きてしまっている。

クロはより分かりやすい。失った右腕の代わりに、鱗《うろこ》に包まれた太く長い腕が生えているのだ。紅の鱗は、確実に天竜の鱗と同じ色だろう。

クロもまた、影に食いちぎられた腕の代わりに、竜の腕が生えているらしい。つまり、俺もそうなんだろう。

影によって刺し貫かれた喉と内臓が、竜の物で代用されたのだ。多分。

だって、外見がほとんど変わらんからよく分からないのだ。触っても鱗が生えたりもしてないし。

「というか、お前らその体……？」

「にゃう……？　おー！　シロ、おっきくなってるです！」

シロが自分の手や体を見て、明らかに成長したことを理解する。クロも同じだ。

「クロもー！　なんでー？」

いや、それは俺が聞きたいよ！　起き上がってみると、よく分かる。

二人は一二、三歳くらいにまで急激に成長していた。これも、天竜の力のせいなのか？

何で俺だけ元の年齢のままなのかもよく分からんし……。

言葉を失う俺の前で、クロとシロがはしゃいだ声を上げる。

「うおー！　シロの目、かっけー」

「クロのうでもしゅごいです！　ちょー強そう！　いいな！」

「シロの目、今までとなんか違う？」

「にゃう？　えーっと……なんか見える！　もやもやしたの見えるです！」

どうやら、シロは魔力が見えているらしい。しかも、俺よりも正確に。確実に目のおかげだろう。

二人とも、自身の肉体の変化にネガティブな感情がないようで、ひたすら喜んでいた。その姿を見ていたら、悩んでいるのが馬鹿馬鹿しくなってくる。

竜の肉体を得たことが、良いのか悪いのかは分からない。

ただ、確実に言えるのは――。

「とりあえず、生き延びたぞ……」

DRE NOVELS

呪われ料理人は迷宮でモフミミ少女たちを育てます

2024年7月10日　初版第一刷発行

著者　棚架ユウ
発行者　宮崎誠司
発行所　株式会社ドリコム
〒141-6019　東京都品川区大崎2-1-1
TEL　050-3101-9968
発売元　株式会社星雲社（共同出版社・流通責任出版社）
〒112-0005　東京都文京区水道1-3-30
TEL　03-3868-3275
担当編集　岩永 翔太
装丁　AFTERGLOW
印刷所　TOPPAN クロレ株式会社

Illustration by Llo
Printed in Japan
ISBN978-4-434-33974-5

ファンレター、作品のご感想をお待ちしております。

右の二次元コードから専用フォームにアクセスし、作品と宛先を入力の上、コメントをお寄せ下さい。
※アクセスの際に発生する通信費等はご負担ください。